『有情之天下』就在此岸

叶朗谈《红楼梦》

Ye Lang on
"A Dream
of Red Mansions"

叶 朗

by Ye Lang

著

叶朗文集·六

『有情之天下』
就在此岸

叶朗谈《红楼梦》

Ye Lang on
"A Dream
of Red Mansions"

叶 朗

by **Ye Lang**

著

北京大学出版社
PEKING UNIVERSITY PRESS

图书在版编目（CIP）数据

"有情之天下"就在此岸：叶朗谈《红楼梦》/ 叶朗著. — 北京：北京大学出版社，2021.8
（叶朗义集）
ISBN 978-7-301-32319-9

Ⅰ.①有… Ⅱ.①叶… Ⅲ.①《红楼梦》研究－文集 Ⅳ.①I207.411-53

中国版本图书馆CIP数据核字(2021)第140740号

书　　　　名	"有情之天下"就在此岸——叶朗谈《红楼梦》	
	"YOUQING ZHI TIANXIA" JIU ZAI CI'AN——	
	YE LANG TAN《HONGLOUMENG》	
著作责任者	叶朗　著	
责 任 编 辑	张晗　郑子欣	
标 准 书 号	ISBN 978-7-301-32319-9	
出 版 发 行	北京大学出版社	
地　　　　址	北京市海淀区成府路205号　100871	
网　　　　址	http://www.pup.cn　　　新浪微博：@北京大学出版社	
电 子 信 箱	pkuwsz@126.com	
电　　　　话	邮购部010-62752015　发行部010-62750672	
	编辑部010-62752022	
印 刷 者	北京中科印刷有限公司	
经 销 者	新华书店	
	720毫米×1020毫米　16开本　7.75印张　90千字	
	2021年8月第1版　2021年8月第1次印刷	
定　　　　价	45.00元	

目　录

序：说不完的《红楼梦》

西方人喜欢说："说不完的莎士比亚。"

我们中国人也可以说："说不完的《红楼梦》。"

这里所谓"说"，就是"阐释"，所谓"说不完"，就是阐释的无限可能。说《红楼梦》"说不完"，也就是说，对《红楼梦》的阐释，不会是一种，不会是两种，而可以是许多种，可以无限地阐释下去。

从脂砚斋开始，多少人在说《红楼梦》！我们可以开出一个长长的名单。近几十年，研究《红楼梦》的论文和专著更如雨后春笋，多不胜数。国内成立了《红楼梦》学会，曹雪芹学会，又出版了多种专门的红学刊物。拍了《红楼梦》电视连续剧，又拍了多集电影《红楼梦》（把文学作品改编为电影、电视，也是一种"阐释"）。真可以说是极一时之盛。

《红楼梦》确实是说不完的。

这大概有两方面的原因。

文学艺术作品的内容，我们一般称之为"意蕴"。"意蕴"和理论作品的内容有所不同。理论著作的内容是确定的，因而是有限的。"意

图 1-1　孙温绘《红楼梦》大观园

蕴"则带有多义性,带有某种程度的宽泛性、不确定性和无限性。理论作品的内容必须用逻辑判断和命题的形式来表述,"意蕴"却很不容易用逻辑判断和命题的形式来表述。理论作品的内容是逻辑认识的对象,"意蕴"则是美感(审美感兴、审美领悟、审美体验)的对象。换句话说,"意蕴"只能在欣赏作品时感受和领悟,而很难用逻辑判断和命题的形式把它"说"出来。如果你一定要"说",那么你实际上就把"意蕴"转变为理论作品的内容,作品的"意蕴"总会有部分的改变或丧失。朱熹谈《诗经》时说:"'倬彼云汉'则'为章于天'矣,'周王寿考'则'何不作人'乎。此等语言自有个血脉流通处,但涵泳久之,自然见得条畅浃洽,不必多引外来道理言语,却壅滞却诗人活底意思也。"爱因斯坦也有类似的话。曾有两家杂志社征求他对两位音乐家的看法，爱因斯坦给了几乎是同样的回答："对巴赫毕生所从事的工作我只有这些可以奉告：聆听，演奏，热爱，尊敬——并且闭上你的嘴。""关于舒伯特，我只有这些可以奉告：演奏他的音乐，热爱——并且闭上你的嘴。"朱熹和爱因斯坦都是真正的艺术鉴赏家。他们懂得，文学艺术作品的意蕴（朱熹所谓"诗人活底意思"）只有在对作品本身的反复涵泳、欣赏、品味中感受和领悟，而"外来道理言语"却会卡断意象内部的血脉流通，作品的"意蕴"会因此改变，甚至完全丧失。

但是，这并不是说，对文学艺术作品就不能"说"。要是那样，评论家就不能存在了。事实上，在文学艺术的评论和研究工作中，差不多人人都在用逻辑判断和命题的形式对作品进行阐释，人人都力图用"外来道理言语"把作品的意蕴"说"出来。而且，这种"说"，如果"说"得好，对读者会有很大帮助，就像有人称赞金圣叹的《水浒传》评点、《西厢记》评点时所说的那样，可以"开后人无限眼界，无限文心"。因此，阐释是不可避免的，也是有价值的。但是，当我们这样做的时候，我们应该记得两点。第一，你用逻辑判断和命题的形式所说出来的东西，说得再好，也只能是作品"意蕴"的一种近似的概括和描述，这种概括和描述与作品的"意蕴"并不是一个东西。第二，一些伟大的文学艺术作品，如《红楼梦》，意蕴极其丰美，"横看成岭侧成峰"，一种阐释往往只能照亮它的某一个侧面，而不可能穷尽它的全部意蕴。因此，对这类作品的阐释，就可以无限地继续下去。

这是《红楼梦》"说不完"的一方面的原因。

另一方面的原因，就在于阐释者的审美眼光和理论眼光不同。王国维是一种审美眼光和理论眼光，蔡元培是另一种审美眼光和理论眼光，所以他们的阐释不同。胡适又是一种审美眼光和理论眼光，所以胡适的阐释又不同。不同的审美眼光和理论眼光，作出的不同阐释既可以有是非之分（是否符合作品的实际），也可以有精粗深浅之分。

而一个人的审美眼光和理论眼光，又是受到时代、阶级、世界观、生活经历、文化教养、审美能力、审美经验、理论思维水平以及研究方法等多种因素的影响而形成的。换句话说，时代不同，阶级不同，世界观不同，生活经历和文化教养不同，审美能力和审美经验不同，理论思维水平和研究方法不同，审美眼光和理论眼光也就不同，因而对同一部作品的阐释也就不同。

柳宗元有一句名言："美不自美，因人而彰。"这句话用于文学艺术作品，可以从两层意思来理解。一层意思是说，文学艺术作品的意蕴，文学艺术作品的美，必须要有"人"（欣赏者）的阅读、感受、领悟、体验，才能显示出来。再一层意思是说，一部文学艺术作品，经过"人"的不断的体验与阐释，它的意蕴，它的美，也就不断有新的方面（或更深的层面）被揭示，被照亮。

我相信，我们中国人对《红楼梦》的阐释，将会一代又一代地继续下去。也正因为这样，《红楼梦》才永远是一部"活"的作品。

《红楼梦》是说不完的。

《红楼梦》的形而上的意蕴:"有情之天下"就在此岸

　　《红楼梦》的意蕴中有一个形而上的层面:对人生(生命)终极意义的追问。这是《红楼梦》意蕴中一个最高的层面,但是被很多人忽略了。还有很多人也谈到《红楼梦》的这个层面,但是他们误解了《红楼梦》(曹雪芹)的本来意思。

　　过去(以及现在)很多人讲《红楼梦》,都认为曹雪芹的世界观(体现在贾宝玉身上)是讲佛教的色空观念,一切归于空虚,一切归于幻灭,人生没有意义,因此最后归于"出世","遁入空门",这就是《红楼梦》给读者的"悟"。我认为这个看法可能不符合《红楼梦》的实际状况。曹雪芹的世界观(体现在《红楼梦》书中)是把"有情之天下"作为人生的本源性存在,作为人生的终极意义之所在。"有情之天下"不在彼岸,而在此岸。"有情之天下"不是虚幻的存在,而是真实的存在,"有情之天下"就存在于实在、生动、鲜活的生活世界之中。曹雪芹用"情"照亮了"空",因此人生是有意义的。一部《红楼梦》给予读者的"悟"就在于此。

　　我的这篇文章就是谈我的这种看法。这篇文章所谈的看法,和我在此之前的文章（讲演）中的看法，当然有承续性，但是在很多观点上也有差别。有很多观点，我过去的文章（讲演）没有讲清楚，有的讲得不准确，有的讲错了。

《红楼梦》不是只有"色""空"这两个字。《红楼梦》还有一个"情"字。对于曹雪芹来说，这个"情"字更重要，或者说，这个"情"字最重要。离开"情"字，根本读不懂《红楼梦》。离开"情"字，根本读不通《红楼梦》。离开"情"字，根本读不透《红楼梦》。

曹雪芹的这个"情"字，继承了汤显祖的世界观和美学观，所以我们要从汤显祖讲起。

汤显祖（1550—1616）的美学思想的核心是一个"情"字。我粗略统计了一下，在汤显祖的诗歌、散文、剧作中，这个"情"字出现了一百多次，可见这个"情"字在他的思想和艺术中占了多么重要的地位。汤显祖讲的"情"和古人讲的"情"，内涵有所不同。汤显祖的"情"包含有突破封建社会传统观念的内容，就是追求人性解放。汤显祖自己说，他讲的"情"一方面和"理"（封建社会的伦理观念）相对立，一方面和"法"（封建社会的社会秩序、社会习惯）相对立。他说"人生而有情"，"世总为情"，"情不知所起，一往而深，生者可以死，死可以生"，"生生死死为情多"。他认为"情"是人人生而有之的（人性），它有自己的存在价值，不应该用"理"和"法"去限制它、扼杀它。所以，汤显祖的审美理想就是肯定"情"的价值，追求"情"的解放。汤显祖把人类社会分为两种类型：有情之天下，有法之天下。他追求"有情之天下"。在他看来，"有情之天下"就像春天那样美好，所以追求春天就成了贯穿汤显祖全部作品的主旋律。他写的《牡丹亭》中塑造了一个"有情人"的典型——杜丽娘。剧中有一句有名的话："不到园林，怎知春色如许？"就是要寻找春天。但是现实社会不是"有情之天下"而是"有法之天下"，现实社会没有春天，所以要"因情成梦"，"梦生于情"。"梦中之情，何必非真？"进一步还要"因梦成戏"——他的戏剧作品就是他强烈的理想主义的表现。"因情成梦，因梦成戏"这八个字可以说是汤显祖美学思想的核心。汤显祖的《牡丹亭》把"情"提到了形而上的层次，情不知所起，一往而深，而且可以穿越生死。**汤显祖高举"情"的旗帜，在思想史上、文学史上有重大的意义。**

曹雪芹深受汤显祖的影响。曹雪芹美学思想的核心也是一个"情"字。他的审美理想也是肯定"情"的价值，追求"情"的解放。曹雪芹在《红楼梦》开头就说这本书"大旨谈情"。

曹雪芹在《红楼梦》里提到"情"的地方是很多的，第五回写"太虚幻境"宫门口的对联是"厚地高天，堪叹古今情不尽；痴男怨女，可怜风月债难偿"。横书四个大字："孽海情天。"这一回还写了红楼梦曲十二支，其中第一支《红楼梦引子》开头就是："开辟鸿蒙，谁为情种，都只为风月情浓。"《红楼梦》各回的标题，也充满了这个"情"字，如"情切切良宵花解语"，"痴情女情重愈斟情"，"情中情因情感妹妹"，等等。至于书中提到"情"的地方，如"情天""情痴""情种""情鬼"等，就更多了。

脂砚斋在很多批语中也提到这个"情"字，如说作者写这部小说是"滴泪为墨，研血成字"，"欲演出真情种"（戚序本第五十七回总评），说这部小说是"情痴之至文"（庚辰本第十七、十八回批语），说这部小说是"因情捉笔""因情得文""岂非一篇情文字"（戚序本第一回总评，甲戌本第八回批语，戚序本第六十六回总评），说这部小说"作者是欲天下人共来哭此情字"（甲戌本第八回批语）。

《红楼梦》的这些话和脂砚斋的这些批语都说明，肯定"情"的价值，追求"情"的解放，确实是《红楼梦》的核心思想。

曹雪芹的"情"的观念，和汤显祖一样，是"儿女之真情"，是人人生而有之的。但是曹雪芹的"情"，包含了一种超越等级制度、等级观念的内涵，包含了一种人人平等的观念，这一点和汤显祖不一样，是对汤显祖的超越。

曹雪芹也要寻求"有情之天下"，要寻求春天。他和汤显祖一样，也感受到当时整个社会是"有法之天下"。但是他和汤显祖有一点不同，就是尽管整个社会是"有法之天下"，他依然感受到现实生活中存在着"有情之天下"，可能很短暂，可能是瞬间，甚至可能是悲剧，但它确实存在。在汤显祖那里，杜丽娘的春天只能存在于梦中，而在曹雪芹这里，贾宝玉的春天却存在于现实生活之中。可以说，在这里曹雪芹也比汤显祖提升了一步。

《红楼梦》一开头，写女娲补天剩下一块石头，被抛在青埂峰下。后来来了一僧一道，把这块石头带到人间去经历了一番，这叫"幻形入世"，最后被一僧一道带回青埂峰。他把这番经历记在石头上，就成了《石头记》。

这块石头到人间这一番经历，有什么意义？这块石头在人间看到了什么？

这块石头降生到贾府，因为元妃省亲，贾府建造了一座大观园，这个大观园是贾宝玉人生理想的投影，是"太虚幻境"的投影。大观园聚集了一群女孩子，她们活泼、明亮，她们聪明、灵巧，她们热烈、多情，她们追求"儿女之真情"，她们追求"情"的自由、"情"的解放，她们追求人格的平等，追求爱的尊严。

我们在后面一篇文章中，会举出大观园中的一些典型的情节事件，说明在现实人生（生活世界）中确实存在着"有情之天下"。贾宝玉和林黛玉那一个中午躺在床上说话逗趣，那就是"有情之天下"。五月初夏那一天龄官在地下画了几十个"蔷"字，那就是"有情之天下"。晴雯病重和宝玉诀别，提出要和宝玉换袄穿，以便将来静静地躺在棺材里怀念怡红院的生活，那就是"有情之天下"。怡红院群芳开夜宴，超越等级制度、等级观念，不分彼此，不拘形迹，自由平等，自由人和奴隶一起狂欢，那就是"有情之天下"。

这就是石头到人世的经历，这是对"有情之天下"的体验。这个体验非常重要。如果没有这个体验，"情根""情痴""有情之天下"都是空的，只是概念的存在，或者说只是在柏拉图的"理念世界"中存在。一旦入世，有了这番经历，"有情之天下"就成为实在的、生动的、鲜活的生活世界了。

贾宝玉、林黛玉都思念故乡，寻找故乡。故乡是生命的出发点，又是生命的归宿。故乡是本源性的存在。回归故乡，就是回归本源。故乡在哪里？

小说开头时，描写大荒山无稽崖青埂峰下一块石头，被一僧一道携入红尘，有了一番经历，又被带回青埂峰。小说的结尾呼应小说的开头，描写石头被带回青埂峰，并且有一首歌：

> 我所居兮，青埂之峰。我所游兮，鸿蒙太空。谁与我游兮，吾谁与从。渺渺茫茫兮，归彼大荒。（第一百二十回）[1]

这个"青埂峰"就是石头的故乡。"青埂（情根）峰"是什么？就是汤显祖说的"有情之天下"。"天尽头，何处有香丘"，"天尽头"就是"有情之天下"，所以最后要回到"青埂峰"。"情"就是生命的本源，**"有情之天下"就是本源性的存在，就是贾宝玉、林黛玉日日思念的故乡。**

很多人认为《红楼梦》把佛教作为人生的终极追求。他们看到一僧一道带着贾宝玉离家出走，就认为贾宝玉出家当和尚了，所谓"遁入空门"。其实，佛教的空门从来不是贾宝玉的人生追求。一僧一道是带着这块石头（贾宝玉的灵魂）到尘世去经历一番，最后又带他回到"青埂峰"。"青埂峰"是本源，是生命的出发点，又是生命的归宿。贾宝玉并没有进寺庙去当和尚。他是回归"青埂峰"。"青埂"是"情根"。"情根"不是说"情"生了根，而是说"情"（"儿女之真情"）是生命之根，"情"是天地的本源性的存在。贾宝玉最后离开有限的、短暂的人世，回到"青埂峰"，回到"有情之天下"这个本源性的存在。

---

[1]　一般认为，《红楼梦》的后四十回不是出自曹雪芹的手笔。但就这首歌来说，可以看作是对小说开头的回应。

图2-1　孙温绘《红楼梦》第一回情节

　　这个"青埂峰"是曹雪芹的人生理想、审美理想的象征，所以不能坐实为某一个现实的空间存在。如果坐实为某一个现实的空间存在，"青埂峰"就成了彼岸世界，类似宗教的天堂，仙界，西方极乐世界。"青埂峰"，"有情之天下"，作为曹雪芹的人生理想，不是彼岸世界，而是在此岸，在当下的现实的生活世界中。当下的生活世界如果体现了"有情之天下"的人生理想，就是"青埂峰"。曹雪芹已经在自己的人生经历中体验到这个"有情之天下"的存在。他为什么要让这块石头入世，就是为了显示"有情之天下"不在彼岸，而就在此岸，是在现实的生活世界之中，尽管受种种限制，尽管时间短暂，有时只是瞬间，但它是活生生的，而且瞬间就是永恒。

　　《红楼梦》第一回说空空道人在大荒山无稽崖青埂峰下见一块大石头上记了一篇故事（《石头记》），把它从头到尾抄录回来，问世传奇。接着说，"从此空空道人因空见色，由色生情，传情入色，自色悟空，遂易名为情僧，改《石头记》为《情僧录》"。

　　"空空道人"把自己的名字改为"情僧"，又把《石头记》改为《情僧录》，这个改动非常重要。这是用"情"否定了"空"，用"情"充实了"空"，用"情"照亮了"空"。不知过去很多研究《红楼梦》的学者为什么没有注意（没有重视）这个改动。

　　"因空见色，由色生情，传情入色，自色悟空"这十六个字是说《石头记》故事对空空道人的思想产生的影响，也可以说是空空道人对《石头记》故事的理解，所以红学家都十分重视这十六个字。

　　怎么来理解这十六个字呢？

　　首先，我们要注意这里除了"色""空"这两个字外，还有一个"情"字。其次，我们要弄清中国哲学中"空""无"概念的含义。

　　中国哲学中的"空"，并不是我们平时理解的空白，一无所有，"万境归空"。**苏轼说："空故纳万境。"空包纳万境，是一个充满生命的丰富多彩的世界。**苏轼的话正好和"万境归空"的观念针锋相对。宗白华先生在他的著作中一再谈到这个问题。宗先生说："中国人感到这宇宙的深处是无形无色的虚空，而这虚空却是万物的源泉，万动的根本，生生不已的创造力。老、庄名之为'道'、为'自然'、为'虚无'，儒家名之为'天'。万象皆从空虚中来，向空虚中去。"又说中国画的空白"并不是真空，乃正是宇宙灵气往来，生命流动之处"。"这无画处的空白正是老、庄宇宙观中的'虚无'。它是万象的源泉、万动的根本。"[1]

现在我们再来看这十六个字。

"因空见色"，就是天地的悠悠中呈现宇宙的生机，大化的流行，呈现一个充满生命的丰富多彩的美丽世界。在《石头记》中，就是大观园的世界。这就是"空即是色"。

"由色生情"，在这个充满生命的丰富多彩的世界之中，产生了"情"。这"情"主要是"儿女之真情"。汤显祖说，"人生而有情"，"情"是人的天性、本性。这是"由色生情"。这个"情"是主导的，决定性的，是生命之根，是生命的本源性存在。

"传情入色"，有了"情"，再来看世界，就有了意义，有了生机，有了情趣。大观园这个世界有了情，有了一群多情的女儿，有了黛玉、晴雯、鸳鸯、紫鹃、司棋、龄官、芳官、湘云、妙玉……成了"有情之天下"，这个世界就有了意义，有了生机，有了情趣。

"自色悟空"，由有情的世界，有情的人生，即"有情之天下"，再来看宇宙的本体，就有了新的感受和理解，这是"悟"。这个"悟"，不是像一些人解释的，"悟"到人生的无意义，"悟"到"万境归空"（空白的空），相反，是"悟"到人生有意义，因为这个世界中有一群明亮、活泼、多情的少女（"异样女子"），因为这个世界包含了"有情之天下"，尽管它可能是短暂的存在，但它是真实的存在，而生命的意义就在于此。

这个"悟"字，在书中出现过许多次。书中出现的"悟"字，

[1] 宗白华:《美学与意境》，北京：人民出版社，1987年，第100页。

在多数情况下都是世俗眼光中的"悟"。很多人把这种世俗眼光中的"悟"看作是作者（曹雪芹）的观念，这是极大的谬误。世俗眼光中的"悟"，主要受两种观念的影响。一种是封建社会传统伦理观念，就是警幻仙子说的宁、荣二公亡灵嘱咐她规引贾宝玉的"正道"，即"留意于孔孟之间，委身于经济之道"。这种观念当然影响世俗眼光。宝钗、袭人劝导宝玉的就是这种观念。但这种观念被宝玉斥为"混帐话"，显然不是曹雪芹的观念。再一种是佛教、道教的观念，就是一僧一道对石头说的"到头一梦，万境归空"。但是曹雪芹一部《石头记》，就是通过这块石头下凡的"亲睹亲闻"，证明在现实人生中存在一个丰富多彩的美丽世界，这里有一群美丽、明亮、灵慧的女儿，她们追求"情"的自由，"情"的解放，追求人格的平等和尊严。这就是因空见色，由色生情，传情入色，自色悟空。一僧一道、甄士隐等人并不是有人说的那种神圣的启蒙者，他们传播的"万境归空"的观念被很多人接受，但是被一部《石头记》否定了。《石头记》的故事告诉读者，这个世界确实存在着"有情之天下"，在这个生命的大化流行之中，最根本、最本源的存在是"情"，所以人生是有意义的，所以"空空道人"改名为"情僧"，《石头记》改名为《情僧录》。可以说曹雪芹最终（或在最高意义上）是用"情"充实了"空"，用"情"照亮了"空"，把"情"提升为最高的范畴。一部《石头记》的价值，很重要的一个方面就在于此。

　　我认为，《红楼梦》之伟大，曹雪芹在中国文学史上之不朽，很重要的一个原因就在于他提出人的本源性存在的问题，人生的终极意义之所在的问题。在他看来，人的本源性之所在，人生的终极意义之所在，就在于"有情之天下"（以"青埂峰"为象征），而"有情之天下"并非空想，"有情之天下"就在此岸，就在当下的生活世界，是本真的存在。

人作为个体生命的存在是有限的，但是人又企图超越这种有限，追求无限和永恒，宗教用自己的方式来满足这种需要。而在历史上，从汤显祖《牡丹亭》到洪昇《长生殿》，再到曹雪芹《红楼梦》，他们用他们的艺术作品（戏剧、小说）在寻求不同于宗教超越的另一种超越，即审美的超越。宗教的超越是虚幻的，而审美的超越虽然常常带有理想主义的色彩，但它不是虚幻的，不是乌托邦，尽管可能是短暂的（《长生殿》中说的"顷刻"），甚至可能是悲剧（《红楼梦》就是悲剧），但它是真实的。而且正因为短暂，所以特别珍贵，千金难买。

1917年，蔡元培先生提出"以美育代宗教"的命题。蔡先生提出这个命题，有社会历史的背景，这里不谈。从学理上说，我以为包含了这样一个思想，就是用审美的超越来代替宗教的超越。所以从某种意义上说，蔡先生的命题，是美学理论上对汤显祖、曹雪芹"有情之天下"的追求的一种呼应，或者说，一个总结。美感（审美体验）是一种超理性的精神活动，同时又是一种超越个体生命有限存在的精神活动，就这两点来说，美感与宗教感有某种相似、相通之处，因为宗教感也是一种超理性的、超越个体生命有限存在的精神活动。但它们还是有本质的区别。区别主要有两点。第一，审美体验是对主体自身存在的一种确证，而宗教体验则是在否定主体存在的前提下皈依到上帝这个超验精神物（理念）上去，所以极端的宗教体验是排斥具体、个别、感性、物质的。第二，审美超越在精神上是自由的，而狭义的宗教超越并没有真正的精神自由，因为宗教超越必定要遵循既定的教义仪式，还必然包含对神的绝对依赖感。人性中追求永恒和绝对的精神需求，永远不会消亡。不满足人性的这种需求，人就不是真正意义上的人。除开宗教超越，只有审美超越——一种自由的、积极的超越——可以满足人性的这种需求。审美的超越抛弃宗教的虚幻，而面向现实人生（生活世界）。我想，"以美育代宗教"命题的深刻性也许就在这里。同时，我们由此可以认识到，汤显祖、曹雪芹的"有情之天下"的人生理想、审美理想，不仅在文学艺术史上极有光彩，而且在思想史上，也应该受到重视。

再谈"有情之天下"就在此岸

　　我在《〈红楼梦〉的形而上的意蕴:"有情之天下"就在此岸》这篇文章中提出,《红楼梦》的意蕴中有一个形而上的层面,就是对人生(生命)终极意义的追问。在曹雪芹看来,生命的核心是一个"情"字,因此人生的价值和意义就是追求"有情之天下"。"有情之天下"就是春天。"有情之天下"是他的理想,而且"有情之天下"在现实生活中确实存在。他在《红楼梦》中写女娲补天剩下的一块石头,被一僧一道带到人间去经历了一番,就是用这块石头的"亲睹亲闻"来证实"有情之天下"确实存在于生动、鲜活的现实世界之中,"有情之天下"不在彼岸,而在此岸。可以这么说,一部《红楼梦》(《石头记》),就是为了告诉读者在现实世界中确实存在着"有情之天下",所以人生是有意义的。

　　我这篇文章继续谈这个问题。我们看大观园中的一些典型的情景,这些情景证实"有情之天下"确实存在于现实的生活世界之中,同时通过这些典型的情景,我们可以感受和认识到曹雪芹"有情之天下"的内涵,就是追求人与人之间的自由和平等。

一、宝玉和黛玉说笑逗趣: 一个千金难买的瞬间

元妃省亲之后的一个中午,黛玉午睡,宝玉把黛玉唤醒,要和她说话,黛玉只合着眼说:"我不困,只略歇歇儿,你且别处去闹会子再来。"宝玉说:"我往那去呢,见了别人就怪腻的。"黛玉听了,嗤的一声笑道:"你既要在这里,那边去老老实实的坐着,咱们说话儿。"宝玉道:"我也歪着。"黛玉道:"你就歪着。"宝玉道:"没有枕头,咱们在一个枕头上。"黛玉道:"放屁!外头不是枕头?拿一个来枕着。"宝玉说外头的太脏,他不要。黛玉听了睁开眼,起身笑道:"真真你就是我命中的'天魔星'!请枕这一个。"说着,将自己枕的推与宝玉,又起身将自己的再拿一个来,自己枕了,二人对面倒下。宝玉闻到黛玉袖中发出一股幽香,一把便将黛玉的袖子拉住要瞧笼着何物。黛玉笑道:"冬寒十月,谁带什么香呢。"又说:"难道我也有什么'罗汉''真人'给我些香不成?"宝玉笑道:"凡我说一句,你就拉上这么些,不给你个利害,也不知道,从今儿可不饶你了。"说着翻身起来,将两只手呵了两口,便伸手向黛玉胳肢窝内两肋下乱挠。黛玉便笑得喘不过气来。黛玉笑道:"再不敢了。"宝玉笑道:"饶便饶你,只把袖子我闻一闻。"说着,便拉了袖子笼在面上,闻个不住。黛玉夺了手道:"这可该去了。"宝玉笑道:"去,不能,咱们斯斯文文的躺着说话儿。"说着,复又倒下。黛玉也倒下,用手帕子盖上脸。宝玉有一搭没一搭地说些鬼话。黛玉只不理。宝玉只怕她睡出病来,便哄她道:"嗳哟!你们扬州衙门里有一件大故事,你可知道?"黛玉见他说的郑重,只当是真事,因问:"什么事?"宝玉就顺

口诌道，扬州有一座黛山，山上有个林子洞，洞里有一群耗子精，那一年腊月初七，因为熬腊八粥，老耗子就派小耗子去山下庙里偷果品。红枣、栗子、花生、菱角都派人去偷了，只剩下香芋一种，只见一个极小极弱的小耗子道："我愿去偷香芋。"老耗子并众耗子见他体弱，不准他去。小耗子道："我虽年小身弱，却是法术无边，口齿伶俐，机谋深远。""我只摇身一变，也变成个香芋，滚在香芋堆里，使人看不出，听不见，却暗暗的用分身法搬运，渐渐的就搬运尽了。岂不比直偷硬取的巧些？"众耗子道："你先变个我们瞧瞧。"小耗子笑道："这个不难，等我变来。"说完摇身说"变"，竟变了一个最标致美貌的小姐。众耗子忙笑道："变错了，变错了。原说变果子的，如何变出小姐来？"小耗子现形笑道："我说你们没见世面，只认得这果子是香芋，却不知盐课林老爷的小姐才是真正的

图 3-1　孙温绘《红楼梦》第十九回情节，图左侧为 "意绵绵静日玉生香"

香玉呢。"黛玉听了，翻身爬起来，按着宝玉笑道："我把你烂了嘴的！我就知道你是编我呢。"这一回的题目是"意绵绵静日玉生香"。

对这一段描写，作家王蒙说，"当宝玉和黛玉在一个晌午躺在同一个床上说笑话逗趣的时候，这个中午是实在的、温煦的、带着各种感人的色香味的和具体的"，"这个中午是永远鲜活永远不会消逝因而是永恒的"，"这是一个千金难买、永不再现的，永远生动的瞬间，这是永恒与瞬间的统一"。[1]

为什么千金难买？因为这是小儿女之间的纯真的欢乐，"既是耳鬓厮磨、温柔缱绻，又是天真烂漫、两小无猜"，"声、形、动、气味、床上的环境，何等地迷人动人！""这是一个童年欢乐的高峰"，过了这个高峰，就有可能"面对种种压力束缚，说不完的苦处，诉不完的委屈，疑不完的心病，受不完的压抑……谁还能这样地亲亲热热，说说笑笑，碰碰摸摸，一刻千金，人生能有几回情意绵绵、玉体生香的时刻？"[2]

这就是"有情之天下"，这个瞬间就是永恒。王蒙说得好："有过类似欢乐人生经验的人是多么幸福！"[3]

二、龄官画蔷，贾蔷放飞小雀：又一个千金难买的瞬间

盛暑的一天，宝玉进大观园，满耳蝉声，静无人语。刚到了蔷薇花架，只听有人哽咽之声。宝玉隔着篱笆洞一瞧，只见一个女孩子蹲在

---

[1] 王蒙：《红楼启示录》，北京：生活·读书·新知三联书店，1991年，第302—303页。

[2] 王蒙：《不奴隶，毋宁死？——王蒙谈红说事》，北京：北京十月文艺出版社，2008年，第35—36页。

[3] 《不奴隶，毋宁死？——王蒙谈红说事》，第36页。

花下，手里拿着一根簪子在地上画字。这女孩子"眉蹙春山，眼颦秋水，面薄腰纤，袅袅婷婷，大有林黛玉之态"。宝玉看她画的字，是个"蔷"字，画来画去，还是这个"蔷"字。书中写道，"里面的原是早已痴了，画完一个又画一个"，"外面的不觉也看痴了"。宝玉想，"这女孩子一定有什么话说不出来的大心事，才这样个形景。外面既是这个形景，心里不知怎么熬煎"。这时，一阵凉风吹过，下了一场大雨，把两个人全身都淋湿了。

这女孩子是谁？就是龄官。贾府为准备元妃省亲，派贾蔷从姑苏采买了十二个演戏的女孩子，龄官就是其中的一个，演小旦。她在地下画的"蔷"字，就是指贾蔷。

看到这里，我们还不能完全明白龄官和贾蔷两人的情意。我们再往下看。

图 3-2　孙温绘《红楼梦》第三十、三十一回情节，图右上角为龄官画蔷

那一日，宝玉来找龄官，想请她唱《牡丹亭》中的"袅晴丝"。龄官没有答应，说："嗓子哑了，前儿娘娘传进我们去，我还没有唱呢。"宝玉只得出来。别的女孩子说："只略等一等，蔷二爷来了叫他唱，是必唱的。"宝玉问蔷哥儿哪去了，回答说："才出去了，一定还是龄官要什么，他去变弄去了。"宝玉站了片刻，果见贾蔷从外头来了，手里提了一个雀儿笼子，上面扎个小戏台，并一个雀儿，兴兴头头往里走着找龄官，见了宝玉只得站住说几句话，接着进去对龄官说："你起来，瞧这个顽意儿。""买了雀儿你顽，省得天天闷闷的无个开心。"接着就拿些谷子哄那雀儿在戏台上乱串，衔鬼脸旗帜。众女孩都笑道"有趣"。独龄官冷笑了两声，说："你们家把好好的人弄了来，关在这牢坑里学这个劳什子还不算，你这会子又弄个雀儿来，也偏生干这个。你分明是弄了他来打趣形容我们，还问我好不好。"贾蔷听了，不觉慌起来，连忙赌身立誓，又道："今儿我那里的香脂油蒙了心！费一二两银了买他来，原说解闷，就没有想到这上头。罢，罢，放了生，免免你的灾病。"说着果然将雀儿放了，一顿把将笼子拆了。书中写道：**"宝玉见了这般景况，不觉痴了，这才领会了划'蔷'深意。"**

我们看到这儿，也才领会龄官画蔷的深意，同时也才领会"龄官划蔷痴及局外"的"痴"的深意。龄官拒绝贾蔷送雀儿的好意，显示了一种自尊，一种傲气。龄官的自尊不仅表现在这一处。元妃省亲，贾蔷带领的十二个女孩演了四出戏，演完后，元妃说："龄官极好，再作两出戏，不拘那两出就是了。"贾蔷答应了，命龄官作《游园》《惊梦》二出，龄官自为此二出原非本角之戏，执意不作，定要作《相约》《相骂》二出，贾蔷扭她不过，只得依她作了。这回宝玉来找她唱"袅晴丝"她也没有答应，说是嗓子哑了，还说"前儿娘娘传进我们去，我还没有唱呢"，她并不因为元春是贵妃，地位尊贵，就必须唯命是从。这种自尊，是一种人格的尊严，人性的尊严。龄官画蔷的痴情，就包含了这种自尊。宝玉因此悟到女孩子的"痴情"，是每个人各有所爱，并非只爱他宝玉一人。他曾说他死了，女孩子的眼泪都来葬他，这是错了，"我竟不能全得了，从此后只是各人各得眼泪罢了"。书中说宝玉"自此深悟人生情缘，各有分定"。这是宝玉对"情痴"、对"有情之天下"的深一层的领悟。这是《红楼梦》写贾宝玉极重要的一笔。

大观园里的女孩子，那些丫鬟、优伶、侍妾，很多人都有一种自尊。这种自尊，在当时等级观念深厚的世俗眼光看来，就是一种傲气。举个例子。香菱在大观园里处于底层，自幼缺乏文化教养，但她有一种文化的自尊，追求文化上的平等，要跟黛玉学诗。她不仅在黛玉指导下读王维的五言律诗、杜甫的七言律诗、李白的七言绝句，而且自己学写诗，精血诚聚，竟然在梦中得了八句。曹雪芹写香菱学诗，显示他的平等观达到了当时一般文人难以达到的高度。**香菱学诗，黛玉葬花，龄官画蔷，湘云醉卧，都是《红楼梦》中的华彩乐章。**薛蟠的老婆夏金桂看不起香菱，说"香菱"这个名字"不通之极"："若说菱角香了，正经那些香花放在那里？"香菱反驳说："不独菱角花，就连荷叶莲蓬，都是有一股清香的。但他那原不是花香可比，若静日静夜或清早半夜细领略了去，那一股香比是花儿都好闻呢，就连菱角、鸡头、苇叶、芦根得了风露，那一股清香，就令人心神爽快的。"香菱的话不仅显示一种自

尊，而且还说明了美学上的一个道理。和曹雪芹同时代的清代美学家叶
燮说："凡物之美者，盈天地间皆是也，然必待人之神明才慧而见。"[1]宗
白华先生说："一切美的光是来自心灵的源泉：没有心灵的映射，是无所
谓美的。"[2]美在世界上到处存在，但必须有人照亮，要有美的心灵，要
有美的眼光，要有香菱这样的人。香菱处于社会最底层，依然有美的追
求，美的心灵。《红楼梦》中很多女孩子都是这样的人。这样的人，本人
就是美，香菱就是美。一个人爱美，追求诗意，是出自她美好的人性，
美好的灵魂。不爱美的人，就是缺乏人性。夏金桂就是缺乏人性。

回到刚才的话，大观园中的女孩子，很多人都有一种自尊，一种人
格的尊严，一种人格平等的追求，一种人性自由的追求，一种美的追
求。龄官促使贾蔷放飞雀儿，显示了人格的尊严。香菱学诗，为自己的
名字辩护，显示了人格的尊严。大观园中的"有情之天下"，大观园中
的"青埂峰"，大观园中这些"异样女子"的"情"和"痴"，都显示
了一种傲气，一种人格的尊严。这种傲气，这种人格的尊严，就是一种
人格平等、人性自由的追求。

三、色到空门也着花：栊翠庵的雪中红梅

汤显祖的《紫钗记》第五十一出开头，老僧吟道："色到空门也着
花，佛桑春老散香霞。"春天到了，寺庙前开满了花朵。在汤显祖那
里，花是春天的象征，也是"有情之天下"的象征。汤显祖的审美理想

---

[1] 《已畦文集》卷九《集唐诗序》，清康熙叶氏二弃草堂刻本。
[2] 宗白华：《美学与意境》，北京：人民出版社，1987 年，第 210 页。

是追求"有情之天下"，追求春天；"不到园林，怎知春色如许"是《牡丹亭》中的名句。汤显祖的诗表明，即便是"空门"依然阻挡不住春天的到来。**汤显祖用"情"充实了"空"，用"情"照亮了"空"。**

高濂在《玉簪记》中写了一个陈妙常，因为遭遇兵火之灾，家庭离散，投身女贞观为尼，她自己说："想我在此出家，原非本心。只为身无所归，寄迹于此，那知弄假成真。到后来，不知怎生结果。"她写诗说："**一念静中思动，遍身愁火难禁。强将津唾咽凡心，怎奈凡心转盛。**"正碰上书生潘必正寄居观中，于是与潘必正产生爱情。这就是"情"照亮了"空"。

大观园里也有一个"空门"，就是栊翠庵。栊翠庵中住着一位女尼，名叫妙玉。书中第十七回林之孝家的对王夫人介绍妙玉说，妙玉"带发修行"，本是苏州人士，祖上也是读书仕宦之家，因生了这位姑娘自小多病，买了许多替身儿（代替出家）皆不中用，到底这位姑娘亲自入了空门，方才好了，所以带发修行，今年才十八岁，法名妙玉，如今父母俱已亡故，身边只有两个老嬷嬷、一个小丫头服侍，文墨也极通，经文也不用学了，模样儿又极好。因听见"长安"都中有观音遗迹并贝叶遗文，去岁随了师父上来，现在西门外牟尼院住着。她师父极精演先天神数，于去冬圆寂了。妙玉本欲扶灵回乡，她师父临寂遗言，说她"衣食起居不宜回乡，在此静居，后来自然有你的结果"。所以她竟未回乡。王夫人说："既这样，我们何不接了他来。"林之孝家的说："请他，他说'侯门公府，必以贵势压人，我再不去的'。"王夫人笑道："他既是官宦小姐，自然骄傲些，就下个帖子请他何妨。"这样就写了请帖并备了车轿，把妙玉接了过来。

书中说妙玉"气质美如兰，才华阜比仙"，又从邢岫烟的口中说她"因不合时宜，权势不容"，所以到了都中。妙玉的这个身世，自然使我们想到汤显祖写的陈妙常。陈妙常出家"原非本心"，只因为身无所归，寄迹于此，强将经卷压凡心，怎奈凡心转盛。"怕春去留不住少年颜色。"妙玉也是一样。妙玉是因为自小多病所以带发修行，她依然是一个情缘未断的女孩子。书中对此有象征性的描述。一天早上，宝玉起来，见一夜大雪，下了一尺多厚，宝玉走到山坡之下，"闻得一股寒香拂鼻，回头一看，恰是妙玉门前栊翠庵中有十数株红梅如胭脂一般，映着雪色，分外显得精神"。这个白雪红梅，偏偏开放在栊翠庵空门之中，正是"有情之天下"的象征，就是"色到空门也着花"，"情"照亮了"空"，"云空未必空"。

图3-3 孙温绘《红楼梦》第四十九回情节 "琉璃世界白雪红梅"

　　书中正面写妙玉的笔墨并不多，但有几处着意点出妙玉心中对宝玉的情意。

　　一处是第四十一回，贾母领刘姥姥等人到栊翠庵吃茶，妙玉拉宝钗、黛玉进耳房吃"梯己茶"，宝玉跟了来。妙玉给宝钗、黛玉的杯是两个古玩珍奇，而给宝玉吃茶的杯是"自己常日吃茶的那只绿玉斗"，后来又拿出整雕竹根的大杯，这都说明妙玉对宝玉另眼看待。

图 3-4　孙温绘《红楼梦》第四十一回情节，图右上角为"吃梯己茶"

　　一处是第五十回，李纨邀众人聚在一起作诗，差宝玉去向妙玉讨梅花。外面下着雪。一会宝玉捧了一枝红梅进来，笑道："你们如今赏罢，也不知费了我多少精神呢。"大家看这梅花，"只有二尺来高，旁有一横枝纵横而出，约有五六尺长，其间小枝分歧，或如蟠螭，或如僵蚓，或孤削如笔，或密聚如林，花吐胭脂，香欺兰蕙"，各各称赏。大家可能不太注意宝玉说的这句话："不知费了我多少精神呢。"其实这句话十分重要，说明宝玉向妙玉讨这枝梅花有许多故事，这里面肯定有妙玉对宝玉的情意在其中，书中没有明写，不过后来补写了一句。众人写了诗，贾母来了，领众人去找惜春，然后回去用晚饭。这时宝玉又出现了，他对宝钗、黛玉说："我才又到了栊翠庵。妙玉每人送你们一枝梅花，我已经打发人送去了。"可见宝玉和妙玉的关系不同寻常。

再一处是第六十三回。宝玉过生日，第二天发现有人送来一个粉笺写的贺帖，宝玉一看，上面写着："槛外人妙玉恭肃遥叩芳辰。"宝玉看毕，直跳了起来。袭人等人对宝玉的这个举动不以为然，说："我当谁的，这样大惊小怪，这也不值的。"但是邢岫烟对这件事的反应不一样。邢岫烟见了帖子，只顾用眼上下细细打量了宝玉半日，方笑道："怪道俗语说的'闻名不如见面'，又怪不得妙玉竟下这帖子给你，又怪不得上年竟给你那些梅花。"邢岫烟"只顾用眼上下细细打量了半日"（请注意是"上下细细打量了半日"），又连用了三个"怪不得"，她的这番举动和说的这番话，**表示她感觉到宝玉品格不同一般，同时又感觉到妙玉心中对宝玉有情意了。**

《红楼梦》中的这几处描写，足以把妙玉心中对宝玉的情意写得很充分。因为有这些描写，一些《红楼梦》的研究者对妙玉都持否定的态度。他们说妙玉身入佛门，心恋尘世，或者说妙玉表面求洁，内心却难以脱俗，"凡心转盛"，总之是"云空未必空"。"云空未必空"，在他们看来是对妙玉的贬斥。其实，在曹雪芹那里，"空"并不是最高的范畴,"情"才是最高的范畴,"情"高于"空","空"不能否定"情","情"却可以否定"空","云空未必空"正是常情、常理。妙玉身在空门,但"色到空门也着花","白雪"是"空","红梅"是"情",栊翠庵的红梅依旧花吐胭脂,香欺兰蕙,正说明栊翠庵中依然有青梗峰("有情之天下")。只不过妙玉的"情"无法公开显露,用妙玉自己的诗来说就是"芳情只自遣,雅趣向谁言"。这不是妙玉心中的"俗"气,而是妙玉心中的悲伤、悲苦和悲愤。

四、尤三姐自刎:以一死报痴情

尤二姐、尤三姐是宁国府贾珍之妻尤氏继母的两个未出嫁的小女,随她们母亲也住进宁国府。尤三姐长得很美。《红楼梦》里写一个女孩子模样长得很好,往往把她和黛玉相比,也就是把黛玉当作美的标准。宝玉初次见龄官,书中写她"袅袅婷婷,大有林黛玉之态",是说她长得美。王夫人对凤姐说她讨厌晴雯,说她"水蛇腰、削肩膀,眉眼又有些像你林妹妹的",也是说她长得好。对尤三姐也是一样。书中写贾琏的贴身小厮兴儿对尤二姐介绍荣国府的情况,提到林黛玉,说"她面庞身段和三姨不差什么",这也是把尤三姐和林黛玉相比,说尤三姐长得美。尤三姐不仅长得美,而且绰约风流,风情万种。此时贾琏娶尤二姐成了二房,贾珍又看上三姐,他和贾琏一起来找尤三姐喝酒调笑取乐,被尤三姐痛骂了一顿。尤三姐说:"这会子花了几个臭钱,你们哥儿俩拿着我们姐儿两个权当粉头来取乐儿,你们就打错了算盘了。"她一番

话把贾珍、贾琏二人的酒吓醒了。她高谈阔论，任意挥霍洒落一阵，拿
他弟兄二人嘲笑取乐。尤二姐担心日后要生出事来，就和贾琏商议为尤
三姐找个人嫁了出去。她找尤三姐商量，尤三姐说："只要我拣一个素
日可心如意的人方跟他去，若凭你们拣择，虽是富比石崇，才过子建，
貌比潘安的，我心里进不去，也白过了一世。"三姐说不能凭你们拣
择，必须她自己心中进得去，说明她是坚持独立的人格，爱的尊严。那
天，尤二姐盘问了她一夜，尤三姐说了，五年前她们老娘家拜寿，三姐
看中了串客（票友）里一个作小生的，叫作柳湘莲，要是他才嫁。三姐
说：这人一年不来，她等一年，十年不来，她等十年，若这人死了，再
不来了，她情愿剃了头当姑子去，吃长斋念佛，以了今生。尤三姐对贾
琏说："我们不是那心口两样的人，说什么是什么，若有了姓柳的来，

图 3-5　孙温绘《红楼梦》第六十六回情节，图右侧为"情小妹耻情归地府"

我便嫁他，从今日起，我吃斋念佛，只伏侍母亲，等他来了，嫁了他去，若一百年不来，我自己修行去了。"后来贾琏去外地正好遇见柳湘莲，就对柳湘莲推荐尤三姐，柳湘莲很高兴，并用传家之宝鸳鸯剑作为定礼。但是等柳湘莲进了京，听说尤三姐是宁国府贾珍的小姨，马上反悔了。他对宝玉说："这事不好，断乎做不得了，你们东府里除了那两个石头狮子干净，只怕连猫儿狗儿都不干净。"于是湘莲向贾琏讨回鸳鸯剑。尤三姐在房里听见柳湘莲反悔，就摘下剑来，将一股雌剑隐在肘内，出来说："还你的定礼。"一面泪如雨下，左手将剑并鞘送与湘莲，右手回肘只往项上一横，"揉碎桃花红满地，玉山倾倒再难扶"。湘莲想不到尤三姐这样标致，又这等刚烈，自悔不及。等三姐入殓后，湘莲俯棺大哭一场，便告辞出门，昏昏沉沉，忽见尤三姐从外而入，向柳湘莲泣道："妾痴情待君五年矣，不期君果冷心冷面，妾以死报此痴情。"又说："来自情天，去由情地。""从此再不能相见矣。"

尤三姐以一死报痴情，和林黛玉眼泪哭尽、"焚稿断痴情"一样，都是"情痴""情种"的极致形态，这也是"有情之天下"的一种最灿烂的形态了。

五、怡红院中的狂欢节：人回到人自身

第六十三回"寿怡红群芳开夜宴"，对我们理解大观园中的"有情之天下"有一种特别的启示。

《红楼梦》里描写过多次寿宴，每一次寿宴都是按照上下尊卑严格

的等级秩序，这一个生日宴会完全不一样。这个宴会是怡红院的丫鬟为宝玉过生日。书中描写，那天是宝玉的生日，怡红院里八个女孩子，芳官、碧痕、小燕、四儿、袭人、晴雯、麝月、秋纹，一起凑钱（前四人每人三钱银子，后四人每人五钱银子）举行宴会，为宝玉庆贺生日。他们等林之孝家的为首的一帮查夜的人过去，便关了院门，摆上酒果，卸下正装，开始喝酒。因有人提议，又把黛玉、宝钗、探春、李纨、宝琴、香菱等人请来，一起掷骰子抽签喝酒表演。一直喝到二更，把黛玉、宝钗等人送走，余下的人又行令，用大钟喝酒，都喝醉了，横七竖八地睡下了。第二天早上起来，大家都不好意思。袭人说："昨儿都好上来了，晴雯连臊也忘了，我记得他还唱了一个。"四儿笑道："姐姐忘了，连姐姐还唱了一个呢，在席的谁没唱过！"众人听了，都红了脸，用两手握着笑个不住。这时平儿来了，问："你们夜里做什么来？"袭人便说："告诉不得你。昨儿夜里热闹非常。""一坛酒我们都鼓捣光了，一个个吃的把臊都丢了，三不知的又都唱起来，四更多天才横三竖四的打了一个盹儿。"

当晚这群女孩中最放光的是芳官。书中对她给了四个特写镜头。第一个镜头，宝玉对芳官说晚上吃酒，芳官说："若是晚上吃酒，不许教人管着我，我要尽力吃够了才罢。我先在家里，吃二三斤好惠泉酒呢。如今学了这劳什子，他们说怕坏嗓子，这几年也没闻见，乘今儿我是要开斋了。"第二个镜头，是对晚上宴会前芳官的形貌的特写。先是简单介绍了一下宝玉："宝玉只穿着大红棉纱小袄子，下面绿绫弹墨裌裤，散着裤脚，倚着一个各色玫瑰芍药花瓣装的玉色夹纱新枕头。"接着就细细地描写芳官："当时芳官满口嚷热，只穿着一件玉色红青酡绒三色缎子斗的水田小夹袄，束着一条柳绿汗巾，底下是水红撒花夹裤，也散着裤腿。头上眉额编着一圈小辫，总归至顶心，结一根鹅卵粗细的总辫，拖在脑后。右耳眼内只塞着米粒大小的一个小玉塞子，左耳上单带着一个白果大小的硬红镶金大坠子，越显的面如满月犹白，眼如秋水还清。"引得众人笑说："他两个倒像是双生的弟兄两个。"你看芳官多么光艳照人！第三个特写镜头是骰子摇到宝钗，宝钗指定芳官唱曲，芳官便唱"寿筵开处风光好"，众人都道："快打回去。这会子很不用你来上寿，拣你极好的唱来。"芳官只得细细地唱了一支《赏花时》才罢。宝玉听了这曲子，眼看着芳官不语。第四个特写镜头，是他们把黛玉等人送走后，又用大钟喝酒，猜拳赢唱小曲儿。芳官吃得两腮胭脂一般，眉梢眼角越添了许多丰韵，身子支撑不住，便睡在袭人身上，说"好姐姐，心跳的很"。袭人就将芳官扶在宝玉一侧，由她睡了，自己却在对面榻上倒下。

这场生日宴会，是大观园中"有情之天下"的典型场景。我们会注意到两点，第一，这个生日宴会自始至终充满了欢乐，充满了笑声。从开始掷骰子，数到宝钗，接下去是探春、李纨、湘云、麝月、香菱、黛玉一直到袭人，书中的描写是"宝钗便笑道"，"众人都笑说"，"众人笑道"，"李纨笑道"，"黛玉笑道"，"众人都笑了"，"众人笑说"，总之一直是笑，大家都笑，每个人都笑，这是狂欢式的笑。第二，这里出席的所有人员，没有尊卑、主奴、贫富之分，一律平等。这是为宝玉庆寿，而主办者是怡红院的八个丫鬟，宝玉是主子，丫鬟是奴婢，但是他们没有主奴之分，他们每个人都要出一点钱办宴席。宝玉说不该叫

图3-6　孙温绘《红楼梦》第六十二、六十三回情节，图左侧为"寿怡红群芳开夜宴"

芳官、碧痕出钱，她们哪有钱。晴雯反驳说，不在钱，而在"各人的心"，要"领他们的情"。他们一起喝酒，猜拳，唱小曲，最后横七竖八地睡在一起。这种情景地地道道就是西方文化中的"狂欢节"。

西方文化中的"狂欢节"是什么？

我们看看历史上思想家的论述。

最早柏拉图说，"众神为了怜悯人类——天生劳碌的种族"，就赐给他们许多节庆活动，以便他们能"恢复元气"，"回复到人类原本的样子"。[1]歌德说，罗马狂欢节"是人民给自己创造的节日"，"上等人和下等人的区别刹那间仿佛不再存在了：大家彼此接近"，"彼此之间的不拘礼节自由自在融合于共同的美好心绪之中"，"严肃的罗马公民，在整

[1]　转引自约瑟夫·皮珀：《闲暇：文化的基础》，刘森尧译，北京：新星出版社，2005年，第3页。

整一年里他们都谨小慎微地警惕着最微不足道的过失，而现在把自己的严肃和谨慎一下子就抛到了九霄云外"。[1]尼采认为这种节庆狂欢的生活状态是酒神精神的表现。在这种状态中，人充满幸福的狂喜，"此刻，奴隶也是自由人。此刻，贫困、专断或'无耻的时尚'在人与人之间树立的僵硬敌对的藩篱土崩瓦解了。此刻，在世界大同的福音中，每个人感到自己同邻人团结、和解、款洽，甚至融为一体了"。每个人欣喜欲狂，"他的神态表明他着了魔"。[2]尼采把这种状态归结为"醉"的状态，"醉"是自由和解放的欢乐，正如罗素所说，"在沉醉状态中，肉体和精神方面都恢复了那种被审慎摧毁了的强烈真实感情。人们觉得世界充满了欢愉和美，人们想象到从日常焦虑的监狱中解放出来的快乐"。[3]

俄国学者巴赫金说，"在日常的，即非狂欢节的生活中，人们被不可逾越的等级、财产、职位、家庭和年龄差异的屏障所分割开来"，同样，"人们参加官方节日活动，必须按照自己的称号、官衔、功勋穿戴齐全，按照相应的级别各就各位（按：我们看元妃省亲的各项活动就是如此）。**节日使不平等神圣化**"。但是，狂欢节不一样，"在狂欢节上大家一律平等"。狂欢节超越了世俗的等级制度、等级观念以及各种特权、禁令，也就超越了日常生活中种种局限和框架，显示了生活的本身面目，或者说回到了生活本身，**回到了本真的生活世界**。人与人不分彼此，互相平等，不拘形迹，自由来往，从而显示了人们自身存在的自由形式，**显示了人的存在的本来形态**，这就是一种复归，即人回复到人的

[1] 转引自巴赫金：《巴赫金全集》第六卷，李兆林、夏忠宪等译，石家庄：河北教育出版社，1998年，第284页。
[2] 尼采：《悲剧的诞生》，周国平译，南京：译林出版社，2011年，第9页。
[3] 转引自高宣扬：《流行文化社会学》，北京：中国人民大学出版社，2006年，第368页。

本真存在。"人回归到了自身，并在人们之中感觉到自己是人。人类关系这种真正的人性，不只是想象或抽象思考的对象，而是为现实所实现，并在活生生的感性物质的接触中体验到的。"[1]

我们看，怡红院这个晚上的宴会，不就是柏拉图、歌德、尼采、巴赫金说的狂欢节吗？他们超越了等级制度和等级观念，他们一律平等，他们用大钟畅饮，开怀大笑，猜拳，唱小曲，他们都沉浸在尼采说的"醉"的状态，感觉到自由解放的欢乐，感觉到世界充满欢愉和美。用巴赫金的说法，他们不分彼此，互相平等，不拘形迹，自由来往，从而显示了人们自身存在的自由形式。他们回到了人的本真存在，在活生生的感性生活中感觉到自己是人。这是人类关系中的真正的人性，是人类生存的最高目的。

怡红院的这场夜宴，是大观园中"有情之天下"的典型场景，它使我们明白，曹雪芹心中作为人生之终极意义之所在的"有情之天下"，不仅彰显"儿女之真情"，而且超越了等级制度、等级观念，"有情之天下"就是人与人一律平等。

六、晴雯与宝玉诀别：一道彩虹照亮了大观园的"有情之天下"

晴雯与宝玉诀别的情景是大观园中"有情之天下"最使人感动的一幕。

晴雯被王夫人赶出怡红院是两条罪状，一条是模样长得标致，二是言语尖利。王善保家的（抄检大观园的挑动者）对王夫人说，"别的都

[1]　《巴赫金全集》第六卷，第12页。

还罢了，太太不知道，一个宝玉屋里的晴雯，那丫头仗着他生的模样儿比别人标致些，又生了一张巧嘴，天天打扮的像个西施的样子，在人跟前能说惯道，掐尖要强"，"妖妖趫趫，大不成个体统"。王夫人就把晴雯喊出来，正值晴雯身上不舒服，刚起床没有妆饰，王夫人一见她钗垂鬓松，衫垂带褪，有春睡捧心之遗风，便冷笑道："好个美人，真像个病西施了，你天天作这轻狂样儿给谁看？"又对凤姐自怨道："这几年我越发精神短了，照顾不到，这样妖精似的东西竟没看见。"王夫人命人把晴雯、四儿、芳官都赶出怡红院，并且说，"唱戏的女孩子，自然是狐狸精了"。晴雯被赶出后，宝玉和袭人有一番对话。宝玉说："我究竟不知晴雯犯了何等滔天大罪！"袭人说："太太只嫌他生的太好了，未免轻佻些。在太太是深知这样美人似的人必不安静，所以恨嫌他。"宝

图 3-7　孙温绘《红楼梦》第七十七回情节"俏丫鬟抱屈夭风流"

玉说:"虽然他生得比人强,也没甚妨碍去处。""她这一下去,就如同一盆才抽出嫩剑来的兰花送到猪窝里去一般,况又是一身重病……那里还等得几日,知道还能见他一面两面不能了。"又说:"不是我妄口咒他。今年春天已有兆头的。""这阶下好好的一株海棠花竟无故死了半边,我就知有异事,果然应在他身上。"袭人说:"草木怎又关系起人来?""真也成了个呆子了。"宝玉叹道:"你们那里知道,不但草木,凡天下之物,皆是有情有理的,也和人一样,得了知己,便极有灵验的。""所以这海棠亦应其人欲亡,故先就死了半边。"这就是后来宝玉《芙蓉女儿诔》说的"艳质将亡,槛外海棠预老"。

晴雯被赶回她姑舅哥哥家,果然病危,宝玉偷偷跑去看她。晴雯见是宝玉,又惊又喜,又悲又痛,忙一把死攥住他的手,哽咽了半日,方说出半句话来:"我只当不得见你了。"宝玉流泪问道:"你有什么说的,趁着没人告诉我。"晴雯呜咽道:"有什么可说的,不过挨一刻是一刻,挨一日是一日。我已知横竖不过三五日的光景,就好回去了。只是一件,我死也不甘心的:我虽生的比别人略好些,并没有私情密意勾引你怎样,如何一口死咬定了我是个狐狸精!我太不服。今日既已担了虚名,而且临死,不是我说一句后悔的话,早知如此,我当日也另有个道理。不料痴心傻意,只说大家横竖是在一处,不想平空里生出这一节话来,有冤无处诉。"说毕又哭。接着晴雯伸手向被内将贴身穿着的一件旧红绫袄脱下,对宝玉说:"快把你的袄儿脱下来我穿。我将来在棺材内独自躺着,也就像还在怡红院的一样了。论理不该如此,只是担了虚名,我可也是无可如何了。"晴雯又说:"回去他们看见了要问,不必撒谎，就说是我的，既担了虚名，越性如此，也不过这样了。"晴雯这几段话，真是句句是泪，字字是血。晴雯临死和宝玉换袄，以便将来躺在棺材内怀念怡红院的生活，这不仅表现晴雯心中的 "儿女之真情"，而且表明在晴雯心中，有一种人格的尊严，她和宝玉是平等的。

当然，这是一个悲剧，是花怯狂风、柳愁骤雨的悲剧，是 "心比天高，身为下贱" 的悲剧，是 "黄土垄中，女儿命薄" 的悲剧，总之是 "有情之天下" 被吞噬的悲剧。

有学者说，晴雯和宝玉的诀别，有如一道彩虹，照亮了大观园的女儿世界[1]。我以为这话说得很好。我补充一句，晴雯和宝玉的诀别，有如一道彩虹，照亮了大观园的 "有情之天下"。

以上我们看到了大观园中一个又一个典型的场景，我们看到了宝玉和黛玉躺在一张床上说话逗趣，看到了龄官画蔷、贾蔷放飞小雀，看到了栊翠庵雪天红梅盛开，妙玉情意难禁，凡心转盛，看到尤三姐以一死报痴情，看到怡红院群芳喝酒狂欢，看到晴雯临死和宝玉换袄，这些活生生的场景，都使我们看到了在现实的世界中确会存在着 "有情之天下"。"有情之天下" 不是虚幻的存在，而是真实的存在，"有情之天下" 不在彼岸，而就在此岸。

我们不仅看到 "有情之天下" 的真实存在，还强烈地感受和认识到 "有情之天下" 的内涵。"有情之天下" 的核心是一群明亮、活泼、多情的少女（"异样女子"），她们是 "情种""情痴"，她们追求 "情" 的自

---

[1]　李劼：《历史文化的全息图像：论红楼梦》（增订版），广西师范大学出版社，2016 年，第 302 页。

由，"情"的解放，她们追求人格的平等，人格的尊严。龄官要贾蔷放飞雀儿，是追求人格的平等和尊严。尤三姐自刎，是追求人格的尊严。晴雯临死与宝玉换袄，是追求"情"的解放，人格的平等。怡红院群芳开夜宴，更是超越等级制度和等级观念的一次自由、解放的狂欢。"有情之天下"除了一群多情的少女，还有一位多情的公子贾宝玉。贾宝玉的本性是平等待人。他尊重丫鬟，尊重优伶，尊重下等人。总之，"有情之天下"就是体现"儿女之真情"的世界，"有情之天下"就是人与人一律平等，"奴隶也是自由人"的世界。

这本书一开篇，曹雪芹写了一绝，说"满纸荒唐言，一把辛酸泪，都云作者痴，谁解其中味"。"痴"在何处？"味"在何处？"痴"和"味"在两点。一点是追求儿女之真情，一种纯真的爱。一点是追求人间之平等，超越等级观念、等级制度的平等自由的世界。

当然这两点是统一的。统一起来就是"有情之天下"。在曹雪芹心目中，这种"有情之天下"彰显"儿女之真情"，体现人与人一律平等、"奴隶也是自由人"的世界，就是人的存在的本来形态，是人回复到人的本真存在，是真正的人性，是人类生存的最高目的。

这在曹雪芹那个时代是一种非常新的思想。

曹雪芹"有情之天下"继承了汤显祖的思想，但就追求人与人一律平等这一点来说，他超越了汤显祖，不仅在文学史上，而且在思想史上占有崇高的位置。

当然，曹雪芹也看到，在当时的社会，这种"有情之天下"有时只是短暂的存在，只是瞬间，而且往往是悲剧的结局，《红楼梦》就是一场悲剧。我们后面一篇文章就谈《红楼梦》的悲剧——"冷月葬花魂"。

《红楼梦》的悲剧:"冷月葬花魂"

大家都承认《红楼梦》是一部伟大的悲剧。但是《红楼梦》的悲剧性是什么,学者(红学家)有不同的看法。我认为《红楼梦》的悲剧性并不在于贵族之家(贾府或四大家族)的衰亡(由盛到衰),而在于作家曹雪芹提出一种审美理想,而这种审美理想在当时的社会条件下必然要被毁灭。简单一点也可以说《红楼梦》是美的毁灭的悲剧。

我在《〈红楼梦〉的形而上的意蕴:"有情之天下"就在此岸》《再谈"有情之天下"就在此岸》这两篇文章中说,汤显祖美学思想的核心是一个"情"字,汤显祖的审美理想是肯定"情"的价值,追求"情"的解放,追求"有情之天下",追求春天。曹雪芹深受汤显祖的影响。曹雪芹美学思想的核心也是一个"情"字。曹雪芹的审美理想也是肯定"情"的价值,追求"情"的解放,追求"有情之天下",追求春天。

在曹雪芹看来,"有情之天下"在现实生活中是确实存在的,他在《红楼梦》中描写了一座大观园。大观园就是"有情之天下",大观园就是曹雪芹的理想世界。

大观园是一个理想世界,是"太虚幻境"在人间的投影。这一点,脂砚斋早就指出，当代许多研究《红楼梦》的学者（如俞平伯、宋淇、余英时）也都谈到过。"太虚幻境"是一个"清净女儿之境"，大观园也是一个女儿的世界。这里聚集了一群明亮、活泼、聪明、灵巧、热烈、多情的少女，她们把生命和爱情结为一体，她们维护爱的尊严，维护人性的尊严。她们追求"情"的自由，追求"情"的解放，追求"有情之天下"，追求春天。这里有龄官画蔷：龄官在蔷薇花架下，在地上一点一画地画了十几个"蔷"字，连下大雨也没有感觉。这里有秋爽结社：从探春提议结海棠社开始，大观园的女儿们一次又一次聚会，赋诗，咏海棠，咏菊花，咏梅花，等等。这里有黛玉葬花：黛玉用花囊把落花装在袋里，埋在一个花冢之中，并作葬花吟，"花谢花飞花满天"。这里又有湘云醉卧：湘云吃醉了酒，在山子后面一块青板石凳子上睡着了，四面芍药花飞了一身，口里还作睡语，作酒令。这是一个春天的世界，诗的世界。这是一个"有情之天下"。这里处处是对青春的赞美，对"情"的赞美，总之是对少女的人生价值的肯定和赞美。小说开头写"石头"的本源是"青埂峰"，"青埂峰"是"有情之天下"的象征，而大观园就是现实世界中的"青埂峰"。大观园这个"有情之天下"，好像是当时社会中的一股清泉，一缕阳光。小说写宝玉梦中游历"太虚幻境"时曾想到，"这个去处有趣，我就在这里过一生，纵然失了家也愿意"。说明他的"家"并不是他的归宿。现在搬进大观园，可以说是实现了他的愿望，所以他"心满意足，再无别项可生贪求之心"。大观园是他的理想世界。

但是这个理想世界，这个"清净女儿之境"，这个"有情之天下"，

图 4-1　孙温绘《红楼梦》第六十二回情节，图左侧为"憨湘云醉眠芍药裀"

被周围的恶浊世界（贾宝玉在《芙蓉女儿诔》中说的"浊世"，汤显祖所谓"有法之天下"）所包围，不断受到打击和摧残。大观园这个春天的世界，一开始就笼罩着一层"悲凉之雾"（"悲凉之雾"是鲁迅的话），很快就呈现出秋风肃杀、百卉凋零的景象。林黛玉的两句诗："一年三百六十日，风刀霜剑严相逼。"不仅是写她个人的遭遇和命运，而且是写所有有情人和整个"有情之天下"的遭遇和命运。在当时的社会，"情"是一种罪恶，"美"也是一种罪恶（晴雯因为长得美，所以被迫害致死）。贾宝玉被贾政一顿毒打，差一点打死，大观园的少女也一个一个走向毁灭：金钏投井、尤三姐自刎、晴雯屈死、司棋撞墙、芳官被逐、黛玉泪尽而逝、鸳鸯上吊、妙玉遭劫……这个"千红一窟

（哭）""万艳同杯（悲）"的伟大交响乐的音调层层推进，最后形成了排山倒海的气势，震撼人心。林黛玉有句诗"冷月葬花魂"，可以作为这个悲剧的概括。"有情之天下"被吞噬了。

这个"有情之天下"被吞噬，当然有一个大的背景，就是贵族之家（贾府）的衰落。小说第二回"冷子兴演说荣国府"就描写了贾府衰落的趋势。但是"有情之天下"被摧残，并不是因为贾府的没落。晴雯屈死，不是因为贾府的没落，黛玉泪尽而逝，也不是因为贾府的没落。《红楼梦》的悲剧是"有情之天下"的毁灭，而不是贵族之家（贾府）的没落。贾府的没落是个社会背景。描写贾府的没落有它的历史、文学价值，但《红楼梦》的悲剧不在于贾府的没落。

大观园的这些女孩子，从贾政、王夫人这些统治上层的人看来，都有行为不端，都有"过失"，她们悲惨的结局都是由她们的"不端""过失"引起的，是咎由自取，罪有应得。如，金钏有"过失"。王夫人在凉榻上午睡，金钏在旁陪伴，宝玉进去对金钏悄悄地笑道："我明日和太太讨你，咱们在一处罢。"金钏笑道："你忙什么！'金簪子掉在井里头，有你的只是有你的'，连这句话语难道也不明白？我倒告诉你个巧宗儿，你往东小院子里拿环哥儿同彩云去。"谁知王夫人没有睡着，只见她翻身起来，照金钏脸上就打了个嘴巴子，指着骂道："下作小娼妇，好好的爷们，都叫你教坏了。"接着便叫金钏母亲把她带出去。这金钏被赶出去之后，就投井死了。

又如四儿，也有"过失"。她曾说过一句开玩笑的话，说生日相同的人就是夫妻，所以王夫人怒气冲冲地问："谁是和宝玉一日的生日？"老嬷嬷指出是四儿，王夫人看四儿聪明皆露在外面，而且打扮得也不同，就冷笑道："这也是个不怕臊的，他背地里说的，同日生日就是夫妻，这可是你说的？"就下令把四儿赶出去。

晴雯的"过失"更大。晴雯的"过失"一是言语爽利，一是长得好，长得好也成了不可饶恕的过失。王保善家的对王夫人说，晴雯"仗着他生的模样儿比别人标致些，又生了一张巧嘴，天天打扮的像个西施的样子"，"大不成个体统"，王夫人就把晴雯喊出来，冷笑道："好个美人！真像个病西施了。"又自责说自己"照顾不到"，"这样妖精似的东西竟没看见"，下令立刻把晴雯赶出去。

这就是"悲剧"。决定这些女孩子的悲惨的结局，不是她们行为上的"过失"，长得好是什么"过失"？决定她们悲惨结局的是她们的"命运"，也就是当时腐朽的伦理观念和恶浊的社会环境、社会习惯、社会秩序。

大观园这些女孩的结局一个一个都非常悲惨。最悲惨的结局当然是晴雯之死和黛玉之死。

我们先看晴雯之死。晴雯被赶出怡红院，病重临死时宝玉去看她。晴雯提出要和宝玉换袄，她说："快把你的袄儿脱下来我穿。我将来在棺材内独自躺着，也就像还在怡红院的一样了。论理不该如此，只是担了虚名，我可也是无可如何了。"俞平伯先生说，这已是惨极之笔，死人想静静地躺在棺材里怀念怡红院的生活，这样的要求不算过分罢，哪里知道王夫人下令把她的尸体即刻送到外头焚化，连这点要求也不能如愿。所以宝玉的《芙蓉女儿诔》中说："及闻椁棺被燹，惭违共穴之盟；石椁成灾，愧迫同灰之诮。"一篇《芙蓉女儿诔》，真如宝玉自己所说，"洒泪泣血，一字一咽，一句一啼"。《芙蓉女儿诔》是千古绝唱。

描写黛玉之死是第九十六回至九十八回。一般认为，《红楼梦》后四十回不是曹雪芹的手笔，但我们看后四十回中对黛玉之死的描写十分惊心动魄。黛玉是"泪尽而亡"，书中有两处描写。一处是黛玉在她葬花的去处听见了小丫头傻大姐儿说宝玉马上要与宝钗成婚，就如同听到一声疾雷，黛玉两只脚早已软了，身子恍恍荡荡的，眼睛也直直的，紫鹃问她要到哪里去，黛玉说："我问问宝玉去！"黛玉走进宝玉屋中，看见宝玉在那里坐着，也不起来让坐，只瞅着她嘻嘻地傻笑。黛玉自己坐下，却也瞅着宝玉笑。两个人也不问好，也不说话，也无推让，只管对着脸傻笑。忽然听着黛玉说道："宝玉，你为什么病了？"宝玉笑

图 4-2　孙温绘《红楼梦》第九十六回情节"泄机关颦儿迷本性"

道：“我为林姑娘病了。”袭人、紫鹃两个吓得面目改色，连忙用言语来岔。黛玉、宝玉又仍旧傻笑起来。袭人见了这样，知道黛玉此时心中迷惑不减于宝玉，因悄和紫鹃说道：“姑娘才好了，我叫秋纹妹妹同着你搀回姑娘歇歇去罢。”秋纹便来同着紫鹃搀起黛玉。那黛玉也就站起来，瞅着宝玉只管笑，只管点头儿。紫鹃又催道：“姑娘回家去歇歇罢。”黛玉道：“可不是，我这就是回去的时候儿了。”说着，便回身笑着出来了，仍旧不用丫头们搀扶，自己却走得比往常飞快。紫鹃、秋纹后面赶忙跟着走。离潇湘馆门口不远，紫鹃道：“阿弥陀佛，可到了家了！”只这一句话没说完，只见黛玉身子往前一栽，哇的一声，一口血直吐出来。

王蒙说：“这就叫以命相搏，以命相争，以命相赠。”“谁读到这里能不随黛玉而丧魂落魄、椎心喷血？古今中外有多少激动人心的描写能够与之比肩？”[1]

再一段写宝玉成亲的那一日，黛玉对紫鹃说：“妹妹，我这里并没亲人，我的身子是干净的，你好歹叫他们送我回去。”这时探春来了，摸了摸黛玉的手已经凉了，连目光也都散了。探春、紫鹃正哭着叫人给黛玉擦洗，刚擦着，猛听黛玉直声叫道：“宝玉，宝玉，你好……”说到“好”字，便浑身冷汗，不作声了。身子便渐渐地冷了。只听得远远一阵音乐之声，侧耳一听，却又没有了，探春、李纨走出院外再听时，唯有竹梢风动，月影移墙，好不凄凉冷淡！

这就是黛玉之死。“想眼中能有多少泪珠儿，怎经得秋流到冬尽，春

---

[1] 《不奴隶，毋宁死？——王蒙谈红说事》，第308、309页。

流到夏！"这是黛玉的悲剧。正如王蒙所说："谁读到这里能不随黛玉而丧魂落魄、椎心喷血？"

在古代希腊，人们是把悲剧和命运联系在一起的。命运是古希腊悲剧意蕴的核心。曹雪芹有深刻的"命运感"。前面说过，《红楼梦》的悲剧是"有情之天下"被毁灭的悲剧。"有情之天下"是曹雪芹的人生理想，但曹雪芹从人生经历中感受到"有情之天下"的理想在当时社会条件下必然要被毁灭，宝玉、黛玉、晴雯、芳官、妙玉、司棋等人对"情"的解放的追求，对人人平等的追求，必然要被毁灭，这是无法抗拒的。曹雪芹把它归于"命运"的力量。"命运"是任何人无法抗拒的。曹雪芹在书中通过"太虚幻境"中"薄命司"里大观园众多女孩的判词来作出"命运"的预言。这种"命运"的预言相当于古希腊悲剧中的"神谕"。它只是强调大观园中众多女孩子"命运"的悲剧不可抗拒，但曹雪芹依然通过他对当时现实社会的描写，清楚地显示这些"命运"的悲剧是来自实际存在的社会关系，而不是来自天界的仙、佛。

《红楼梦》中这些被命运吞噬的少女，她们体现了一种人生理想，就是肯定"情"的价值，争取"情"的解放。她们争取人性的尊严，争取爱的尊严，这在当时是一种新的观念。所以，《红楼梦》的悲剧是新的观念、新的世界毁灭的悲剧，也是美的世界毁灭的悲剧。

《红楼梦》中这些人物都对命运进行过抗争。贾宝玉一再砸他的玉，并在梦中喊骂说："什么是金玉姻缘，我偏说是木石姻缘！"黛玉、晴雯、司棋、芳官、鸳鸯、尤三姐……都用自己的生命进行抗争，但最后她们都被命运的巨石压碎了。在这个命运的悲剧中，她们把生命推向了辉煌的高度。

　　这个压碎一切的"命运"是什么？就是当时的社会关系和社会秩序，这种社会关系、社会秩序在当时是普通、常见的，决定着每个人的命运，是个人无法抗拒的。王国维特别强调这一点。他指出，《红楼梦》之悲剧，并不是因为有一个特别坏的人来作恶，"但由普通之人物、普通之境遇，逼之不得不如是"，所以他说《红楼梦》是"悲剧中之悲剧"。[1]王国维说得很有道理。但他把这种"由于剧中之人物之位置及关系而不得不然"的悲剧和命运的悲剧分别为两种，是不妥当的。在当时的社会关系和社会秩序下，《红楼梦》中体现新的人生理想的少女一个一个毁灭了，整个"有情之天下"毁灭了。在曹雪芹心目中，这就是命运的悲剧。书中林黛玉的葬花吟，贾宝玉的《芙蓉女儿诔》，是对命运的悲叹，也是对命运的抗议。《红楼梦》是中国伟大的悲剧。

---

[1]　王国维：《王国维文学论著三种》，北京：商务印书馆，2017年，第12页。

《红楼梦》中的"点睛之笔"

我在《中国小说美学》（北京大学出版社，1982 年）一书中，谈到清代小说批评家张竹坡在评点《金瓶梅》时提出了一个"点睛之笔"的概念。

《金瓶梅》创造了一个市井帮闲的典型——应伯爵，这是小说中一个十分活跃的人物。张竹坡认为这个人物在小说中起着一种很特殊的作用："点睛"的作用。他说："伯爵者，乃作者点睛之笔也。""伯爵，作者点睛之妙笔，遂成伯爵之妙舌也。"（第三十五回回首总评）

应伯爵是个帮闲。帮闲和一般人不同：第一，他是不要脸的，是丑角；第二，他的生活接触面广，既同上层社会有联系，又同下层社会有联系，因此他熟知各种人情世故，社会经验很丰富；第三，他心机灵巧，不仅精于逢迎拍马，而且善于插科打诨，一张嘴巴特别能说。由于帮闲有这样一些特点，因此，对于社会生活，他就往往比别人看得透。别人的隐私，别人的心事，别人内心活动，他也往往能够窥见。不仅能窥见，而且能够说出来。不仅能说出来，而且他说出来，别人也不会生气，就是想生气也无可奈何——因为他是丑角。所谓"点睛"者，就是评论、揭露的意思，就是把隐藏在事情内部的实质揭露出来，把书中人物隐藏的内心活动揭露出来。这是小说中化隐为显的一种手法，即把隐藏的东西、本质的东西直接显现出来的一种手法。

在《金瓶梅》中，西门庆的隐私及其内心活动，常常通过应伯爵的嘴巴说出来；生活中的各种人物和事变，也常常通过应伯爵的嘴加以评论。比如有一次，西门庆和帮闲们在一起喝酒作乐，应伯爵在酒席上说了两个笑话。一个笑话说："一秀才上京，泊船在扬子江，到晚叫稍公：'泊别处罢，这里有贼。'稍公道：'怎的便见得有贼？'秀才道：'兀那碑上写的，不是"江心贼"？'稍公笑道：'莫不是"江心赋"，怎便识差了？'秀才道：'赋便赋（按："赋"谐音"富"），有些贼形。'"又一个笑话说："孔夫子西狩得麟，不能够见，在家里日夜啼哭。弟子恐怕哭坏了，寻个牯牛，满身挂了铜钱哄他。那孔子一见，便识破道：'这分明是有钱的牛，却怎的做得麟？'"这两个笑话可以说都是对于西门庆的一种评论和批判。应伯爵用这两个笑话，直言不讳地指明，西门庆虽然富，但有贼形，是因贼而富，而且不是像《红楼梦》里的贾府那样世代相传的贵族之家，而是暴发户，是有钱的公牛。这种刻画，应当说相当精确、贴切。这样的评论，如果作者自己出面来说，效果并不一定好，所以作者通过书中人物来说。但也不是书中任何一个人物都适合做这种"点睛之笔"，只有应伯爵这样的人物才合适：他既能看得到，又能说得出。书中写他一说完这两个笑话，马上掩着口跪在地下，作出十分害怕的样子，说他自己该死，忘了大哥也是有钱的富人，得罪了大哥，实在是出于无心。西门庆也拿他没有办法，只好说：

"你这狗才，刚才把俺们都嘲了，如今也要你说个自己的本色。"应伯爵连忙说："有，有，有。一财主撒屁，帮闲道：'不臭。'财主慌的道：'屁不臭，不好了，快请医人。'帮闲道：'待我闻闻滋味看。'假意儿把鼻一嗅，口一咂道：'回味略有些臭，还不妨。'说的众人都笑了。"这就是自我评论，自我揭露，自我嘲笑。也只有应伯爵这样的人物才能做得到。这就是张竹坡所谓"点睛之笔"。这种手法，有点像川剧中的帮腔。帮腔就有这种"点睛"的作用。它可以对戏台上的人和事发表评论，也可以把角色不说出口或说不出口的心事唱出来。

张竹坡提出的这个"点睛之笔"的概念，使我们想起巴尔扎克的《人间喜剧》中一个塑造得十分成功的典型：伏脱冷。伏脱冷就是巴尔扎克的"点睛之笔"。巴尔扎克常常让伏脱冷发议论，而且常常让他发长篇议论。在《高老头》这部小说中，伏脱冷有一次对拉斯蒂涅发表的议论就长达十多页。在《幻灭》这部小说的结尾，化装成西班牙教士的伏脱冷把那个正想去跳湖自杀的吕西安拦住，对他讲了一堂历史课，又讲了一堂道德课，加起来也将近十页。这样的长篇议论，应该是很乏味，很使人厌烦吧？不，正相反，这些议论非常吸引人，读起来惊心动魄，可以说有一种特殊的魅力。这是什么缘故呢？就是这个伏脱冷对当时法国社会的解剖，对资产阶级的道德、法律、秩序的揭露，实在太深刻了。这就是"点睛之笔"。如果我们把伏脱冷和应伯爵比较一下，可以看出他们有很大的不同。应伯爵是市井帮闲，伏脱冷是在逃的苦役犯。应伯爵是嬉皮笑脸的丑角，伏脱冷则粗俗、蛮悍，是一首恶魔的诗。但是他们又有相同点。前面说过，应伯爵是一个看得到又说得出的特殊人物。伏脱冷呢？他闯荡江湖，饱受风霜，阅世最深。他用一双锐利的眼睛，从阴沟里看社会，对社会的腐朽和丑恶比别人看得更加真切和透彻。同时，他天不怕，地不怕，蔑视一切法律和权威，敢于直言不讳地揭露事实、揭露本质，敢于说别人不敢说的话。他自己说："我这样议论社会是有权利的，因为我认识社会。""我的看法高人一等，因为我有生活经验。""什么事的底细我都明白，人家的秘密我知道的才多呢。"这些话并不完全是自我吹嘘，他确实也是一个既能看得到、又能说得出的特殊人物。就这一点来说，他和应伯爵是相同的。我想，正是这个相同点，使得他们有资格成为"点睛之笔"。换句话说，"点睛之笔"在这两个不同性格的人物身上，都有自己的内在的根据。当然，就"点睛"的深度来说，应伯爵远远不及伏脱冷。"点睛"的形式也不一样：应伯爵的"点睛"，往往是一种幽默，有时略带一点讽刺；而伏脱冷的"点睛"则是一种冷嘲。这种不同的"点睛"形式，同他们作为帮闲和在逃苦役的不同身份个性是完全一致的。

《红楼梦》中也有这种"点睛之笔"。曹雪芹在《红楼梦》中，用书中一些重要人物的贴身小厮来担任这种"点睛之笔"的角色，因为这种贴身小厮也有既能看得到、又能说得出的特点。我们举两个例子。

第一个例子，是宝玉的贴身小厮茗烟。

第四十三回，宝玉外出祭金钏。这件事他没有和任何人说，也绝对不能和任何人说。那天正是凤姐过生日，宝玉遍体纯素，一早起来就带着茗烟跑到城外一个冷清的地方祭金钏。但是宝玉并没有告诉茗烟祭的是什么人，作者也没有向读者透露宝玉祭的是什么人。当宝玉焚香施礼完毕，正要茗烟收拾东西时，这小厮却急忙爬下去磕了几个头，口内祝道："我茗烟跟二爷这几年，二爷的心事我没有不知道的。只有今儿这一祭祀，没有告诉我，我也不敢问。只是这受祭的阴魂，虽不知名姓，想来自然是那人间有一，天上无双，极聪明极俊雅的一位姐姐妹妹了。二爷心事，不能出口，让我代祝：若芳魂有感，香魄多情，虽然阴阳间隔，既是知己之间，时常来望候二爷，未尝不可。你在阴间，保佑二爷来生也变个女孩儿，和你们一处相伴，再不可又托生这须眉浊物了。"说毕，又磕了几个头，才爬起来。

茗烟这番祝词，真是妙不可言！正如后来有的评点者所说："二爷不言焙茗（按：即茗烟）言之，焙茗口中之所言皆二爷心中之所欲言

图 5-1　孙温绘《红楼梦》第四十三回情节"不了情暂撮土为香"

者也。"[1] 我们注意茗烟的两句话。一句是"二爷的心事我没有不知道的",说明他是宝玉的心腹。再一句是"二爷心事,不能出口,让我代祝",说明他在这里是有意要把宝玉隐藏内心的想法说出来。茗烟不愧是宝玉的贴身小厮,在他的妙趣横生的祝词中,不仅把宝玉想说而难以出口的心事代为说了出来,而且简直是把贾宝玉的整个人生观都和盘托出。在宝玉的心目中,女儿是水作的骨肉,男人是泥作的骨肉,所以他见了女儿,便觉得清爽,见了男子,便觉得浊臭逼人。这就是"点睛之笔"。这种"点睛"妙笔,不是作者任意安在茗烟身上的,而是从茗烟这个特定的人物形象本身生发出来的。这篇祝词所带有的浓厚的喜剧色彩,正是茗烟这个小厮的个性色彩。

第二个例子,是贾琏的小厮兴儿。

第六十五回,尤二姐拿了两碟菜,斟了酒,命兴儿在炕沿下蹲着吃,一长一短地问他家里奶奶(凤姐)多大年纪,怎个厉害的样子,以及老太太、太太、姑娘等各种家常情况。兴儿笑嘻嘻地在炕沿下一头吃,一头将荣府之事备细告诉尤二姐和她母亲。兴儿是贾琏的心腹,所以他可以介绍荣国府的各种内情,还加上他的评论。兴儿的介绍和评论可以用"深""透"两个字来概括。

兴儿首先介绍了贾琏和凤姐夫妇各有自己的心腹,各有一套人马。兴儿说:"我们共是两班,一班四个,共是八个。这八个人有几个是奶奶的心腹,有几个是爷的心腹。奶奶的心腹我们不敢惹,爷的心腹奶奶的就敢惹。"这种极私密的信息,只有兴儿这种心腹才知道。

---

[1] 《增评补图石头记》第四十三回姚燮("大某山民")的批语。"茗烟"在他批语中作"焙茗"。因为他批的是一百二十回本(程高本)。

最精彩的是兴儿对凤姐的描绘和评论。他说："提起我们奶奶来，心里歹毒，口里尖快。""如今合家大小除了老太太、太太两个人，没有不恨他的，只不过面子情儿怕他。""只一味哄着老太太、太太两个人喜欢。他说一是一，说二是二，没人敢拦他。又恨不得把银子钱省下来堆成山，好叫老太太、太太说他会过日子，殊不知苦了下人，他讨好儿。""如今连他正经婆婆大太太都嫌了他，说他'雀儿拣着旺处飞，黑母鸡一窝儿，自家的事不管，倒替人家去瞎张罗'。若不是老太太在头里，早叫过他去了。"尤二姐说还想去见她，兴儿连忙摇手说："奶奶千万不要去。我告诉奶奶，一辈子别见他才好。嘴甜心苦，两面三刀，上头一脸笑，脚下使绊子，明是一盆火，暗是一把刀，都占全了。""奶奶这样斯文良善人，那里是他的对手！尤二姐说："我只以礼待他，他敢怎么样？"兴儿说："不是小的吃了酒放肆胡说，奶奶便有礼让，他看见奶奶比他标致，又比他得人心，他怎肯干休善罢？人家是醋坛子，他是醋缸醋瓮。凡丫头们二爷多看一眼，他有本事当着爷打个烂羊头。"兴儿这番话不是把凤姐的品性为人说得入骨三分吗？

接着尤二姐又问荣府的一位寡妇奶奶和几位姑娘，兴儿也一一做了介绍。这些介绍也是从下人的眼光观察。如说林黛玉、薛宝钗，"真是天上少有，地下无双"，林黛玉"出来风儿一吹就倒了"，薛宝钗"竟是雪堆出来的"，他们小厮见了她二人，不敢出气，"生怕这气大了，吹倒了姓林的，气暖了，吹化了姓薛的"。

兴儿的介绍也提到宝玉。他说宝玉"只爱在丫头群里闹"，"有时见了我们，喜欢时没上没下，大家乱顽一阵，不喜欢各自走了，他也不理人。我们坐着卧着，见了他也不理，他也不责备，因此没人怕他，只管随便，都过的去"。

兴儿这个介绍非常值得注意。这个介绍说明，宝玉没有等级观念，他平等待人，没有高低贵贱之分，这是宝玉的本性，也是曹雪芹所追求的"有情之天下"的本真内涵。在当时世俗社会的人们眼中，宝玉"潦倒不通世务"，"行为偏僻性乖张"，可是从兴儿这样一个未成年的仆人的口中，点出了他平等待人的本性，这就是"点睛之笔"，画龙点睛。

前面说的茗烟的祝词，是把宝玉"不能出口"的心事代为说出来，这是化隐为显。不仅如此，茗烟的祝词把宝玉的人生观也和盘托出，这就是极有深度的"点睛之笔"。而兴儿对荣国府的介绍，不仅是下人的眼光，而且有下人的评论，特别是对凤姐的评论，有相当的深度。

曹雪芹在《红楼梦》中把一些未成年的仆人（贴身小厮）作为"点睛之笔"，这是曹雪芹在小说艺术中的一个创造。

《红楼梦》中的"闲笔"

我在《中国小说美学》（北京大学出版社，1982 年）一书中谈到，清代小说批评家在评论《水浒传》《三国演义》《金瓶梅》等小说时提出一个"闲笔"的概念。

张竹坡认为《金瓶梅》从叙事艺术来说有一个优点，就是善于用"闲笔"。他在《金瓶梅读法》中说：

> 读《金瓶》，当看其手闲事忙处。子弟会得，便许作繁衍文字也。

这个"闲笔"的概念，最早是金圣叹提出来的。金圣叹认为《水浒传》"血溅鸳鸯楼"一回，就是善于用"闲笔"的典范。他从这一回中举出四段描写为例。第一段，武松在黄昏时候趱去张都监后花园墙外马院推门，马院后槽以为是贼，拿了搅草棍，拔了门闩。却待开门，被武松就势推开去，抢入来，把这后槽劈头揪住。却待要叫，灯影下见明晃晃的一把刀在手里，先自惊得八分软了，口里只叫得一声："饶命！"武

松道："你认得我么？"后槽听得声音，方才知是武松。第二段，武松
跳过墙去，看到厨房里有两个丫鬟，正在那汤罐边埋怨说道："伏侍了
一日，兀自不肯去睡，只是要茶吃。那两个客人也不识羞耻，噇得这等
醉了，也兀自不肯下楼去歇息，只说个不了。"第三段，武松上楼，右
手持刀，左手揸开五指，抢入楼中。只见三五枝灯烛荧煌，一两处月光
射入，楼上甚是明朗。面前酒器，皆不曾收。第四段，武松在楼上杀死
张都监一伙，又杀下楼来。夫人问道："楼上怎地大惊小怪？"武松抢
到房前，夫人见条大汉入来，兀自问道："是谁？"金圣叹认为这几段
描写都是"百忙中极闲之笔"，表现了作者的"非常之才"。

在这一回中，武松胸中燃着复仇的火焰，他的行动有如闪电，以快
速的节奏，造成极其紧张的气氛。而张都监一家对武松的复仇毫无防
备，他们依旧保持平常那种缓慢的生活节奏，到处充满着安静、懒散的
气氛。《水浒传》作者不仅围绕武松的行动写出了快速的节奏和紧张的
气氛，而且用"闲笔"写出了张都监一家缓慢的生活节奏和安静、懒散
的气氛。这两种节奏、两种气氛的互相交织、互相衬托，大大加强了整
个故事的空间感、真实感和美感。

毛宗岗对于这种"闲笔"的重要性也有所认识。他写过如下批语：

> 　　关公行色匆匆，途中所历，忽然遇一少年，忽然遇一老人，忽
> 然遇一强盗，忽然遇一和尚，点缀生波，殊不寂寞。天然有此妙
> 事，助成此等妙文。若但过一关杀一将，五处关隘一味杀去，有何
> 意趣？（《三国演义》第二十七回回首总评）

关羽过五关斩六将，如果孤立起来描写，那就始终只有一种节奏、一种气氛，就显得十分单调，没有什么意趣。但是一旦用"闲笔"点缀生波，那就有了两种节奏、两种气氛的互相交织、互相衬托，就不显得单调，故事就加强了空间感和真实感，比较有意思了。

《金瓶梅》里这种"闲笔"用得更多。张竹坡指出：

> 《金瓶梅》每于极忙时，偏夹叙他事入内。如：正未娶金莲，先插娶孟玉楼；娶玉楼时，即夹叙嫁大姐；生子时，即夹叙吴典恩借债；官哥临危时，乃有谢希大借银；瓶儿死时，乃入玉箫受约；择日出殡，乃有请六黄太尉等事。皆于百忙中故作消闲之笔。非才富一石者，何以能之？（《金瓶梅读法》）

《金瓶梅》这几段描写，都是在叙述一个大的事件时穿插描写另一个小的事件，使两种节奏、两种气氛互相交织，这样就把生活场面写活了，写得立体化了。

除了这几段描写，还有写李瓶儿治病与李瓶儿之死的那两回，张竹坡认为也是运用"闲笔"的典范。在第六十一回，写李瓶儿病重，先后请了任医官和胡太医来治，吃了药都不见效。伙计韩道国推荐东门外住的妇科赵太医，乔大户又推荐县门前住的何老人，西门庆忙派人去请。何老人先到，刚看了脉息，赵太医也请来了。此人一来就吹嘘自己从黄帝《素问》《难经》一直到《加减十三方》《千金奇效良方》《寿域神方》《海上方》，"无书不读"，说自己："药用胸中活法，脉明指下玄机。六气四时，辨阴阳之标格；七表八里，定关格之沉浮。风虚寒热之症候，一览无余；弦洪芤石之脉理，莫不通晓。"看了脉息之后，胡诌了一通病源，最后又开了一副妙方："甘草甘遂与硇砂，藜芦巴豆与芫花，姜汁调着生半夏，用乌头杏仁天麻，这几味儿齐加。"何老人听了便道："这等药恐怕太狠毒，吃不得。"他却说："自古毒药苦口利于病，怎么吃不得？"西门庆见他满口胡说，只得称二钱银子打发他走了。何老人道："老拙适才不敢说，此人东门外有名的赵捣鬼，专一在街上卖杖摇铃，哄过往之人，他那里晓的甚脉息病源！"这一回的故事，如果用笔太死，就很容易写得单调、沉闷。现在用"闲笔"写了一个赵捣鬼，加了一点喜剧气氛，整个场面就活了。张竹坡说：

> 若止讲病人，便令笔墨皆秽，止讲医人，却又笔墨枯涩，看他用一捣鬼杂于其间，便令病家真是忙乱，医人真是嘈杂，一时情景如画。（第六十一回夹批）

在第七十一回，作者从黄昏点灯，直写至四更，再写至四更将终，再写至鸡叫，再写至第二天白天，其中写了一连串的人和事，有的用"忙笔"正写，有的用"闲笔"插入，把半夜人死喧闹，一家忙乱的情景，写得活现，有如千人万马，却一步不乱，读起来"历历如真有其事"，很有真实感，也很有意趣。

无论是金圣叹、毛宗岗还是张竹坡，对于"闲笔"这种叙事艺术都没有从理论上做出详细的说明。但是从他们举的实例以及对这些实例的分析，我们对于"闲笔"的含义可以有一个大致的了解。所谓"闲笔"，就是在叙述主线故事时，用点缀、穿插的手段，叙述一些小的事件，打破叙事的单一性，使不同的节奏、不同的气氛互相交织，从而加强生活情景的空间感和真实感。这样的描写就有意趣，就是审美的描写。而那种单一的描写，即把生活中某一件事孤立起来描写，始终只有一种节奏、一种气氛，把生活写得很单调，没有空间感和真实感，也就没有意趣，那就不是审美的描写。金圣叹和张竹坡都认为善于使用"闲笔"是一种很高的艺术，是作家天才的一种表现。张竹坡甚至说："千古稗官家不能及之者，总是此等闲笔难学也。"（第三十六回回首总评）

我们在《红楼梦》中也看到曹雪芹非常善于用"闲笔"，正是用这种"闲笔"，曹雪芹把贾府这个贵族之家十分繁杂的生活面貌、社会环境和真实气氛写得活灵活现。

下面举几个例子。

第一个例子。第十三、十四回，秦可卿突然病故，宁国府要为秦可卿大办丧事。怎么大办？用贾珍的话来说："如何料理，不过尽我所有罢了！"贾珍父亲贾敬根本不管，贾珍越发"恣意奢华"。这里有几件大事。一是请僧众念经超度亡灵。停灵四十九日，请一百零八众禅僧在大厅上念大悲咒，同时在天香楼上请九十九位全真道士念经。之后又停灵会芳园，请五十众高僧、五十众高道念经。二是要找好棺木，正好薛蟠那里有一副檣木棺材，"纹若槟榔，味若檀麝，以手扣之，玎珰如金玉"，"原系义忠亲王老千岁要的，因他坏了事，就不曾拿去"。贾珍就要来。贾政劝道：

"此物恐非常人可享者，殓以上等杉木也就是了。"贾珍哪里肯听。三是秦可卿之丫鬟名瑞珠，见秦氏死了，她也触柱而亡，合族人都称叹，贾珍遂以孙女之礼殓殡。四是贾蓉不过是个黉门监，灵幡经榜上写时不好看，贾珍就托了太监戴权，花一千二百银子捐了一个五品龙禁尉。五是宁国府要办丧事，诸事繁杂，缺少管事的人，贾珍便求得邢夫人、王夫人及凤姐本人的同意，请凤姐过宁国府来代为料理各种事务。这四十九日，各种亲朋你来我去络绎不绝，"宁国府街上一条白漫漫人来人往，花簇簇官去官来"。

整个宁国府各种事务乱成一团，不仅当事人忙不过来，作者这支笔也忙不过来，但是你看，曹雪芹真有非常之才，他偏能在百忙之中，抽出笔来，插入一些看似无关的人和事。凤姐正要料理宁国府的事务，这

图 6-1　孙温绘《红楼梦》第十三回情节"王熙凤协理宁国府"

里就插入好几件事。首先是凤姐见荣国府中的王兴媳妇来了，在前探头，就问她来做什么，王兴媳妇连忙进去说，领牌取线，打车轿网络。递上帖儿，凤姐命彩明念道："大轿两顶，小轿四顶，车四辆，共用大小络子若干根，用珠儿线若干斤。"凤姐听了，数目相合，便命彩明登记，取荣国府对牌掷下。王兴家的去了。接着，凤姐又见张材家的在旁，是领取裁缝工银的，又有宝玉外书房完竣来支买纸料费的，凤姐都发与他们。接着，又有人报告"苏州去的人昭儿来了"。凤姐问回来做什么？原来是贾琏派他回来报告苏州林黛玉父亲去世等情况，并回来取毛衣的。第二天，贾珍派人去铁槛寺修饰停灵之处，凤姐分派料理和丧事有关的各种事务。这时又插入叙述贾府内外各种杂事："目今正值缮国公诰命亡故，王邢二夫人又去打祭送殡，西安郡王妃华诞，送寿礼，镇国公诰命生了长男，预备贺礼，又有胞兄王仁连家眷回南，一面写家信禀叩父母并带往之物，又有迎春染病，每日请医服药，看医生启帖、症源、药案等事。"这些都是"闲笔"，让我们看到这个贵族家庭的事务真是杂七杂八，千头万绪。这样的描写就富有空间感，也富有真实感。

到了出殡之日，来了无数王孙公子，百十乘大小轿车辆，浩浩荡荡，一带摆三四里远。路旁彩棚高搭，设席张筵，俱是各家路祭。书中对送殡的、路祭的都一一叙述，但特别插入详细叙述北静郡王水溶亲自坐大轿前来，专门要见一见"衔玉而诞者"。贾政赶紧命宝玉脱去孝服前来相见。水溶见宝玉"面若春花，目如点漆"，笑道："名不虚传，果然如'宝'似'玉'。"又见宝玉"语言清楚，谈吐有致"，就向贾政笑道："令郎真乃龙驹凤雏，非小王在世翁前唐突，将来'雏凤清于老

图 6-2　孙温绘《红楼梦》第十四回情节"贾宝玉路谒北静王"

风声'，未可量也。"又把腕上念珠卸下送宝玉作为礼物，说是"前日圣上亲赐蕶苓香念珠"。脂砚斋在"语言清楚，谈吐有致"旁边批道："八字道尽玉兄。如此等方是玉兄正文写照。"（庚辰本）

　　接下去，又插了一段，写送殡出城往铁槛寺行走，路上在农舍休息，宝玉见农舍动用之物，皆不曾见过，如锹、镢、锄、犁等物，皆以为奇，小厮在旁一一地告诉名色，说明原委。宝玉听了，因点头叹道："怪道古人诗上说，'谁知盘中餐，粒粒皆辛苦'，正为此也。"脂砚斋批道："写玉兄正文总于此等处，作者良苦。"（庚辰本）

　　水溶见宝玉，宝玉见农庄动用之物，虽然都是出殡路上的遭遇，但并不是出殡活动的主体，是可写可不写的"闲笔"。作者用这种"闲笔"点缀，不仅使整个出殡活动不显得死板、无趣，而且借此写出了贾宝玉的优良品格。所以脂砚斋批道："《石头记》总于没要紧处闲三二笔写正文筋骨，看官当用巨眼，不为彼瞒过方好。"（庚辰本）这就是《红楼梦》中"闲笔"的妙用。《红楼梦》中的"闲笔"不仅把贾府这个贵族家庭内外繁杂的环境和事务写得生动、真实，而且在不经意处把主要人物的"筋骨"描绘出来。

第二个例子。第五十一回，晴雯伤风，找了个大夫诊脉，说是小伤寒，开了药。宝玉一看药方，有枳实、麻黄，道："该死，该死，他拿着女孩儿们也像我们一样的治，如何使得！凭他有什么内滞，这枳实、麻黄如何禁得，谁请了来的，快打发他去罢。"老婆子说要给车马钱。袭人因为母亲病，回家去了，宝玉命麝月取银子，麝月找了半天，才找到几块银子，又不会用戥子，就拿一块掂了掂，说这一块只怕是一两了。那婆子说："那是五两的锭子夹了半边，这一块至少还有二两呢，这会了又没夹剪，姑娘收了这块，再拣一块小些的罢。"后来茗烟请了王太医来，诊了脉，说的病症与前相仿，只是方上药变了。宝玉说："这才是女孩儿们的药，虽然疏散，也不可太过。旧年我病了，却是伤寒内里饮食停滞，他瞧了，还说我禁不起麻黄、石膏、枳实等狼虎药。我和你们一比，我就如那野坟圈子里长的几十年的一棵老杨树，你们就如秋天芸儿进我的那才开的白海棠，连我禁不起的药，你们如何禁得起。"麝月等反对宝玉自比杨树，说为什么不比松柏。宝玉说："松柏不敢比，连孔子都说'岁寒然后知松柏之后凋也'，可知这两件东西高雅，不怕害臊的才拿他混比呢。"这一大段就是"闲笔"，并没有什么和故事主线相关的要紧的情节，但是它写出了当时的庸医，写出了贾宝玉房中的生活状况，袭人不在家，银子也找不着，谁也不识戥子，银子的重量也不知道，最主要的是这个"闲笔"写出了宝玉的性格，对丫鬟的关怀、体贴，同时不敢自比松柏，说明他做人不张狂。

第三个例子。第五十三回，写"荣国府元宵开夜宴"，元宵节，贾母在大花厅上命摆上十来席酒，定一班小戏，满挂各色佳灯，带领荣宁二府各子侄孙男孙媳等家宴。这里插入一大段，描写一种工艺品"慧纹"：

> 一色皆是紫檀透雕，嵌着大红纱透绣花卉并草字诗词的璎珞。原来绣这璎珞的也是个姑苏女子，名唤慧娘。因他亦是书香宦门之家，他原精于书画，不过偶然绣一两件针线作耍，并非市卖之物。凡这屏上所绣之花卉，皆仿的是唐、宋、元、明各名家的折枝花卉，故其格式配色皆从雅，本来非一味浓艳匠工可比。每一枝花侧皆用古人题此花之旧句，或诗词歌赋不一，皆用黑绒绣出草字来，且字迹勾踢、转折、轻重、连断皆与笔草无异，亦不比市绣字迹板强可恨。他不仗此技获利，所以天下虽知，得者甚少，凡世宦富贵之家，无此物者甚多，当今便称为"慧绣"。竟有世俗射利者，近日仿其针迹，愚人获利。偏这慧娘命夭，十八岁便死了，如今竟不能再得一件的了。凡所有之家，纵有一两件，皆珍藏不用。有那一干翰林文魔先生们，因深惜"慧绣"之佳，便说这"绣"字不能尽其妙，这样笔迹说一"绣"字，反似乎唐突了，便大家商议了，将

"绣"字便隐去，换了一个"纹"字，所以如今都称为"慧纹"。若有一件真"慧纹"之物，价则无限。贾府之荣，也只有两三件，上年将那两件已进了上，目下只剩这一副璎珞，一共十六扇，贾母爱如珍宝，不入在请客各色陈设之内，只留在自己这边，高兴摆酒时赏玩。

这个"慧纹"，用今天的话说是"非物质文化遗产"，集书法、绘画、刺绣于一体，确实珍贵无比。这是一段"闲笔"。这个"闲笔"，写出了中国工艺文化的遗产，写出了贾府这个贵族之家的文化内涵。贾府不是西门庆那样的暴发户，不是旧上海的青红帮，而是百年望族，钟鸣鼎食之家，翰墨诗书之族，所以不仅能够收藏"慧纹"这样的工艺文

图6-3　孙温绘《红楼梦》第五十三回情节"荣国府元宵开夜宴"

化珍品，而且以此为贵。这才是大家族。

从以上几个例子可以看出，曹雪芹《红楼梦》的"闲笔"至少有两个功能，一个是写出贾府内外的各种场景，让读者看到不限于一个故事、一个单线发展的事件，而是一个人间世界，一曲多声部的宏伟交响乐。这是主要的功能。再一个是在一些日常琐事中对主人公的人品、性格、筋骨做几笔皴染，在不经意处加深读者的印象。这是大手笔。用金圣叹的话，这显示了作者的"非常之才"，用张竹坡的话："非才富一石者，何以能之？"

叶燮对曹雪芹的影响 *

在研究曹雪芹的美学思想（以及一般世界观）的时候，我以为历史上有两个人对曹雪芹的影响最值得注意，可是过去被忽略了。这两个人，一个是明代的汤显祖，一个是清初的叶燮。

有大量的材料（直接的和间接的），可以证明汤显祖对曹雪芹的影响很大、很深。搞清楚他们之间的思想联系，对于我们研究和把握不朽巨著《红楼梦》的思想和艺术会有很大的帮助。这个问题，我准备另写专文详加论述。

至于叶燮对曹雪芹的影响，目前可以引以为据的材料并不多。但是我们可以看到一些重要的迹象，说明叶燮对曹雪芹的影响可能是很深的。搞清楚这个问题，对于我们把握曹雪芹的美学思想同样是很有帮助的。

在我们学术界和文艺界，叶燮并不像汤显祖那样为人所熟知，甚至还不如他的学生沈德潜的名气大。其实，无论在中国文学史或中国美学史上，叶燮都是一个值得大书特书的人物。

---

* 本文原载《红楼梦学刊》1983年第三辑。

　　叶燮（1627—1703），字星期，号已畦，浙江嘉兴人，康熙九年考中进士，康熙十四年任江苏宝应县知县，因为同巡抚慕天颜以及当地的地主豪绅发生冲突，不两年就被罢了官[1]。从此他纵游海内名山，最后定居于吴县横山，以教书为生。

　　叶燮在历史上的主要贡献是写了一部光辉的美学著作——《原诗》。在这部著作中，叶燮建立了一个相当严密完整的美学体系。这是一个以"理""事""情"——"才""胆""识""力"为中心的美学体系。叶燮深入地研究了艺术的本源，艺术的创造，艺术想象的特殊规律，艺术的形式美，艺术的历史发展，以及审美感兴的各种问题，做出了一系列新的理论概括，从而把我国古典美学的发展推上了一个新的高度。应该说，像叶燮美学这样完整、丰富而深刻的理论体系，在整个中国美学史上是并不多见的。

图 7-1　叶朗闲章"发扬叶横山"

　　那么，叶燮美学是否对曹雪芹产生过影响呢？

　　我认为，至少在一个重要的美学理论问题上有明显的影响。

　　《红楼梦》第四十八回，香菱读了王维的诗集后，对黛玉谈体会说："据我看来，**诗的好处，有口里说不出来的意思，想去却是逼真的**；

---

[1]　参看《已畦文集》卷十三《与吴汉槎书》（吴汉槎，即吴兆骞）。

有似乎无理的，**想去竟是有理有情的。**"黛玉笑道："这话有了些意思，但不知你从何处见得？"香菱笑道："我看他《塞上》一首那一联云：'大漠孤烟直，长河落日圆。'想来烟如何直，日自然是圆的，**这'直'字似无理，'圆'字似太俗。合上书一想，倒像是见了这景的。**若说再找两个字换这两个，竟再找不出两个字来。再还有'日落江湖白，潮来天地青'，这'白''青'两个字也似无理，**想来必得这两个字才形容得尽，**念在嘴里，倒像有几千斤重的一个橄榄。还有'渡头余落日，墟里上孤烟'，这'余'字和'上'字，难为他怎么想来。我们那年上京来，那日下晚便湾住船，岸上又没有人，只有几棵树，远远的几家人家作晚饭，那个烟竟是碧青，连云直上，谁知我昨日晚上读了这两句，倒像我又到了那个地方去了。"这是一段十分重要的对话，它表达了曹雪芹对艺术想象的特点的认识。就是说，艺术的意象，"似乎无理"，实际上是"有理有情"的。问题在于，艺术的"理"，不能通过概念的逻辑分析来求得，而只能在直接的美感经验中体会。这就叫"逼真"。或者说，是一种想象中的真实性。

值得注意的是，在脂评中也有同样意思的话。庚辰本第十九回有这样一段批语："按此书中写一宝玉，其宝玉之为人，是我辈于书中见而知有此人，实未目曾亲睹者。又写宝玉之发言，每每令人不解，宝玉之生性，件件令人可笑。不独于世上亲见这样的人不曾，即阅今古所有之小说奇传中，亦未见这样的文字。于颦儿处更为甚。**其囫囵不解之中实可解，可解之中又说不出理路。**合目思之，却如真见一宝玉，真闻此言者，移之第二人万不可，亦不成文字矣。"

脂砚斋的这段批语指出，贾宝玉的形象，似乎是不可理解的，实际上是可以理解的，但是"可解之中又说不出理路"。就是说，这种理解是不能用逻辑概念来表达的，而必须通过艺术想象（"合目思之"），在美感经验中来获得理解。脂评的这段话同曹雪芹上面那段对话的意思是一致的。他们都认为艺术形象不具有逻辑的真实性，而具有想象中的真实性。只不过曹雪芹讲的是自然景物的意象，而脂砚斋讲的是小说人物的意象。脂砚斋和曹雪芹在美学思想上有很多相同之处，这就是其中的一例。

有的同志说，曹雪芹的上述观点来源于严羽，"与严羽的'非关理'，'不涉理路'相通"[1]。这似乎是搞错了。曹雪芹的上述观点与严羽美学并不相通。它不是来源于严羽，而是来源于叶燮。

叶燮认为，艺术的本源是客观的"理""事""情"（按：叶燮所说的"情"不是指情感，而是指客观事物的外在感性情状），艺术是"理""事""情"的反映。他说：

> 曰理、曰事、曰情三语，大而乾坤以之定位，日月以之运行，以至一草一木一飞一走，三者缺一则不成物。**文章者，所以表天地万物之情状也**。……譬之一木一草，其能发生者，理也；其既发生，则事也；既发生之后，夭乔滋植，情状万千，咸有自得之趣，则情也。（《原诗》）

---

[1] 曾保泉：《曹雪芹的诗歌观点》，《北方论丛》，1980 年第 8 期，第 59 页。

这是很明确的艺术反映现实的观点,这是一方面。另方面,叶燮针对严
羽所谓"诗有别材,非关理也"的论调,又着重指出,艺术虽然是客观
的"理""事""情"的反映,但**并不是"实写理事情"**。就是说,艺术
要写"理",但**并不是"名言之理"**,即不是以概念的逻辑体系所把握
的"理",而是通过审美意象显现的"理";艺术要写"事",**也并不是
"可征之事"**,即不是像历史实录那样照抄普通生活中的实事,而是要
从普通实际生活中捕捉和提炼诗的境界,从而达到更高一级的真实。他
说:"可言之理,人人能言之,又安在诗人之言之!可征之事,人人能述
之,又安在诗人之述之!必有不可言之理,不可述之事,遇之于默会意
象之表,而理与事无不灿然于前者也。"又说:"要之作诗者,实写理
事情,可以言言,可以解解,即为俗儒之作。惟不可名言之理,不可施
见之事,不可径达之情,则幽渺以为理,想象以为事,惝恍以为情,方
为理至、事至、情至之语。"(《原诗》)"幽渺以为理,想象以为事,惝
恍以为情",这就是艺术达到真理性认识的特殊道路,也是艺术想象区
别于逻辑思维的特殊规律。

　　叶燮举杜甫诗"碧瓦初寒外"(《玄元皇帝庙》)为例。他说,如果
一个字一个字地对这句诗做逻辑的分析,好像说不通。"初寒何物,可
以内外界乎?将碧瓦之外,无初寒乎?……**然设身而处当时之境会,觉
此五字之情景,恍如天造地设,呈于象,感于目,会于心。意中之言,
而口不能言;口能言之,而意又不可解,划然示我以默会想象之表,竟
若有内有外,有寒有初寒,特借碧瓦一实相发之,有中间,有边际,虚
实相成,有无互立,取之当前而自得,其理昭然,其事的然也。**"他又

举杜甫另一诗句"月傍九霄多"(《宿左省》)为例:

> 从来言月者，只有言圆缺，言明暗，言升沉，言高下，未有言
> 多少者。若俗儒不曰"月傍九霄明"，则曰"月傍九霄高"，以为景
> 象真而使字切矣。今曰"多"，不知月本来多乎？抑傍九霄而始多
> 乎？不知月多乎？月所照之境多乎？**有不可名言者。试想当时之情
> 景**，非言明、言高、言升可得，而**惟此"多"字可以尽括此夜宫殿
> 当前之景象**。他人共见之，而不能知、不能言；惟甫见而知之，而
> 能言之。其事如是，其理不能不如是也。(《原诗》)

这是很精彩的分析。叶燮说，像这样一些诗句"若以俗儒之眼观之，以
言乎理，理于何通？以言乎事，事于何有？所谓言语道断，思维路绝。
然其中之理，至虚而实，至渺而近，灼然心目之间，殆如鸢飞鱼跃之昭
著也"。

叶燮对杜诗的这些分析，既强调了艺术想象的特性，又坚持了艺术
反映现实的原则，从而把艺术的美（艺术意象）和艺术的真（艺术真实
性）统一起来了。从"理""事""情"到"幽渺以为理，想象以为事，
惝恍以为情"，这是美学思想的重大飞跃。叶燮作出这一飞跃，从而在
新的理论高度驳倒了严羽的论点。这是叶燮在美学史上的重大贡献。

现在我们看曹雪芹所说"诗的好处，有口里说不出来的意思，想去
却是逼真的；有似乎无理的，想去竟是有理有情的"，脂砚斋所说"其
囫囵不解之中实可解，可解之中又说不出理路。合目思之，却如真见一

宝玉"等等，同叶燮所说的"意中之言，而口不能言；口能言之，而意
又不可解，划然示我以默会想象之表……其理昭然，其事的然也"，岂
不是一脉相承的吗？特别是曹雪芹对"大漠孤烟直，长河落日圆"两句
诗的分析："这'直'字似无理，'圆'字似太俗。合上书一想，倒像
是见了这景的。若说再找两个字换这两个，竟再找不出两个字来。"以
及对"日落江湖白，潮来天地青"两句诗的分析："这'白''青'两
个字也似无理，想来必得这两个字才形容得尽，念在嘴里，倒像有几千
斤重的一个橄榄。"同叶燮分析杜诗所说"以言乎理，理于何通？以言
乎事，事于何有？""然设身而处当时之境会，觉此五字之情景，恍如
天造地设，呈于象，感于目，会于心"，以及"试想当时之情景，非言
明、言高、言升可得，而惟此'多'字可以尽括此夜宫殿当前之景象"
等等，它们之间的血缘关系，岂不更是一目了然的吗？

　　叶燮对曹雪芹的影响，当然不会只限于这一点，尽管这一点也是十
分值得重视的。叶燮美学的基石是艺术反映现实的艺术本源论。它强
调艺术要真实地反映客观的"理""事""情"，强调"天地有自然之文
章"，艺术应以"克肖其自然"，"揆之理事情切而可通而无碍"，作为
自己的最高标准。《原诗》中这样的话是很多的。例如：

　　　　惟理、事、情三语，无处不然。三者得，则胸中通达无阻，出
　　而敷为辞，则夫子所云'辞达'。'达'者，通也，通乎理，通乎
　　事，通乎情之谓。

　　　　惟有识则是非明，是非明则取舍定，不但不随世人脚跟，并亦

不随古人脚跟。非薄古人为不足学也，盖天地有自然之文章，随我之所触而发宣之，**必有克肖其自然者，为至文以立极，我之命意发言自当求其至极者。**

今人偶用一字，必曰本之昔人。昔人又推而上之，必有作始之人。**彼作始之人，复何所本乎？不过揆之"理""事""情"切而可通而无碍，斯用之矣！**昔人可创之于前，我独不可创于后乎？……**苟乖于"理""事""情"是谓不通。不通则杜撰。杜撰则断然不可。**苟不然者，自我作古，何不可之有？

这些话都卓越地坚持了艺术的真实性原则。我想，曹雪芹在《红楼梦》开头一再强调此书"只不过取其**事体情理**"，"至若离合悲欢，兴衰际遇，则又追踪蹑迹，不敢稍加穿凿，徒为供人之目，而反失其真传者"，就很可能是受了叶燮这种艺术真实论的影响。如果《废艺斋集稿》确系曹雪芹所作（此还有待于专家进一步考证），那就在这方面给我们提供了新的线索。《废艺斋集稿》中有一册名为《岫里湖中琐艺》，其中论画的一段说：

芹溪居士曰：愚以为作画**初无定法**，惟意之感受所适耳。前人佳作固多，何所师法？故凡诸家之长，尽吾师也，要在善于取舍耳。自应无所不师，而无所必师。何以为法？万物均宜为法。**必也，取法自然，方是大法。**[1]

---

[1] 吴恩裕：《曹雪芹佚著浅探》，天津：天津人民出版社，1979年，第42页。

　　这种"必也，取法自然，方是大法"的观点，就很可能是受了叶燮的影响。叶燮说过："**诗文一道岂有定法哉！**先揆乎其理，揆之于理而不谬，则理得；次征诸事，征之于事而不悖，则事得；终絜诸情，絜之于情而可通，则情得。三者得而不可易，则**自然之法立。故法者，当乎理，确乎事，酌乎情，为三者之平准而无所自为法也。**"（《原诗》）这二者之间，不是也很可能有某种血缘关系吗？

　　不仅如此。曹雪芹塑造贾宝玉的性格，甚至曹雪芹本人的性格，也都有可能受了叶燮的影响。叶燮在明末清初的民族民主思潮的熏陶下，形成了一种对封建社会抱批判态度的世界观。这种世界观，使他认识到封建社会的"官"与"民"之间存在着根本的利害冲突，并且作出了"夫利不在官即在民，官之利未有不取之民者"[1]这样富有民主性的论断。被罢官后，就自称为"不合时宜人""举世之所为怪物者""怪物之首"[2]，并且对当时的"名者""利者""势者""外饰者""役役者""浮夸者""托于狂者"加以猛烈抨击[3]。在《已畦琐语》中，他对"庸人"和"射利之夫"表示了极度的蔑视。他说："人有一番大作用及稍有节概者，必有一种磊磊落落不可一世之意，决不肯随声附和，唯唯诺诺。若人云亦云者，庸人而已。亦有不置可否，漫无评论，似甚深沉，实亦不足与有为者也。至于射利之夫，鄙吝龌龊，则老死牖下而已矣。"他在诗中高唱"破胆不辞履虎凶，拍肩讵怕骑鲸跌"，"近市何妨鸟雀喧，凌空不怕雷霆怒"，"高论何妨天地宽，闲评宁怕蛟龙怒"，"何妨向空发

---

[1]《已畦文集》卷十三《与吴汉槎书》。
[2]《已畦文集》卷五《听松堂姓字记》。
[3]《已畦文集》卷五《听松堂姓字记》。

大叫，不与俗伦耳语喃"[1]……叶燮的这种性格带有鲜明的时代特点。我们再看曹雪芹塑造的贾宝玉。这是一个"迂阔怪诡"，对庸人、"禄蠹"深恶痛绝，以致"百口嘲谤，万目睚眦"的人物。这种所谓"行为偏僻性乖张，那管世人诽谤"的性格特点，同上述叶燮的性格是不是有某种相似之处呢？曹雪芹在塑造这种性格的时候，是不是有可能受到叶燮的影响呢？至于曹雪芹本人的性格，我们从敦敏、敦诚兄弟的诗中可以略知一二。如："接䍦倒着容君傲，高谈雄辩虱手扪。"[2]如："傲骨如君世已奇，嶙峋更见此支离。醉余奋扫如椽笔，写出胸中磈磊时。"[3]如："新愁旧恨知多少，一醉酕醄白眼斜。"[4]如："曹子大笑称快哉，击石作歌声琅琅。知君诗胆昔如铁，堪与刀颖交寒光。"[5]等等。我们从这样的性格特点中，是不是也可以看到一些叶燮的影响呢？我以为这些都是很值得探索的问题。

现在我们再来进一步考察：从曹雪芹的实际生活经历看，他有没有可能认识或知道叶燮这位伟大的思想家，有没有可能接触到叶燮的著作呢？

回答是：完全有这种可能。

有两个材料可以证明这一点。

第一个材料：**叶燮同曹寅有交往。**周汝昌同志《红楼梦新证》曾指

[1] 以上诗句见《已畦诗集》卷三《予为驴堕所苦卧病十日而起秋岳先生再作长歌以慰复赋呈》，《已畦诗集残余》《古松歌》，《已畦诗集》卷三《放歌行同人再集魏里涉园赋》，《已畦诗集》卷二《五叠韵答魏交让》。
[2] 敦诚：《四松堂集·寄怀曹雪芹》，爱新觉罗郭敏、爱新觉罗郭诚：《懋斋诗钞 四松堂集》，上海：上海古籍出版社，1984年，第146页。
[3] 敦敏：《懋斋诗钞·题芹圃画石》，《懋斋诗钞 四松堂集》，第38页。
[4] 敦敏：《懋斋诗钞·赠芹圃》，《懋斋诗钞 四松堂集》，第55页。
[5] 敦诚：《四松堂集·佩刀质酒歌》，《懋斋诗钞 四松堂集》，第172页。

出，康熙二十九年（1690），曹寅三十三岁，出任苏州织造。这一年秋天，曹寅曾过访叶燮（当时叶燮就住在苏州[1]），互有赠答，叶燮还为曹寅写了《楝亭记》[2]。叶燮的诗和《楝亭记》都收在《已畦集》中[3]。这时叶燮六十三岁，**他的美学著作已经完成**（《原诗》于1686年即叶燮五十九岁时定稿）。还有一点，叶燮有个侄儿叶藩（字桐初），长期在曹寅那里当幕僚，深得曹寅器重，曹寅的诗集中屡次提到他。从这些情况看，在曹寅家里藏有叶燮的著作，不但完全有可能，而且是理所当然的。我们不要忘了曹寅是当时著名的藏书家和出版家。过去红学家研究曹寅和江南文人的交往，往往只提尤侗、毛奇龄等人，其实最值得重视的还应该是叶燮。因为叶燮的思想**远远超出了**同时代的一般文人，他对曹雪芹可能有的影响也就最值得研究。

第二个材料：周汝昌同志在《红楼梦新证》中指出，叶绍袁编的《午梦堂集》一书"颇予《红楼梦》以一定影响"[4]。叶绍袁（别号天寥，1589—1648）就是叶燮的父亲，崇祯时当过工部主事，是位文学家。叶绍袁的夫人沈宜修（字宛君），诗也写得很好。他的几位女儿，都很有文采。特别是叶小鸾，既美丽又有才华，只是不幸十七岁就夭亡了。叶绍袁编的《午梦堂集》，就是收集他一家女性的诗作。其中叶小鸾的诗集《返生香》，在当时是很有名的。那么，在什么意义上说《午梦堂集》给了《红楼梦》以一定影响呢？周汝昌同志在给笔者的一封信中对

---

[1] 吴县在清代属苏州府治，治所在今江苏省苏州市。

[2] 周汝昌：《红楼梦新证》（增补本），北京：人民文学出版社，1976年，第324—330页。

[3] 叶燮诗题为《曹荔轩内部过访有赠即和韵答》，见《已畦诗集》卷七。《楝亭记》，见《已畦文集》卷五。

[4] 《红楼梦新证》（增订本），第330页。

此做了两点解释："（一）整个说，一门妇女（少女）能诗，这本身就给《红楼》以影响；（二）就叶小鸾一人来说，少年才女，未嫁而亡，她的'戏捐粉盒葬花魂'末三字即为黛玉采用（按：指《红楼梦》第七十六回林黛玉的诗句'冷月葬花魂'）；凡此，足证黛玉身上有小鸾的影响。"后面这一点，即林黛玉的"葬花魂"出自叶小鸾，周汝昌同志和滕萝苑同志都已有文章提到[1]。滕萝苑同志还指出贾宝玉《芙蓉女儿诔》中"寒簧击敔"一句的"寒簧"二字，最初就见于叶绍袁的《续窈闻记》。"寒簧"就是月宫仙子，据说叶小鸾夭亡后就充当了这个角色。所有这些材料都可以说明，**曹雪芹对叶燮一家的作品十分熟悉，十分重视，而且在创作《红楼梦》时有所吸收。**

根据以上两个材料，我们可以推断，曹雪芹确有可能在他家里读到过叶燮的《已畦集》，特别是《原诗》这部光辉的美学著作。不但可能读到过，而且可能是很熟悉的。这是我们说曹雪芹可能深受叶燮美学影响的一个重要的旁证。

当然，我们在前面提到的所有这些材料，对于论证叶燮美学对曹雪芹的影响，应该说还是很不充分的。所以我在开头说这只是一些迹象。不过我认为这是一些重要的、富有启示性的迹象。希望红学界的专家们能搜集更多的材料，对这个问题做进一步的探索和研究。我深信，研究这个问题对于我们把握曹雪芹的美学思想，对于我们分析《红楼梦》的思想和艺术是大有好处的。

---

[1] 周汝昌：《红海微澜录》，载《红楼梦研究集刊》第一辑。滕萝苑：《"冷月葬花魂"》，载《文史哲》，1979年第2期。

叶小鸾、金圣叹与《红楼梦》

　　20世纪80年代，有一段时间我集中精力研究明清小说评点，于1982年出版了《中国小说美学》。在这个过程中，我发现金圣叹对《水浒传》和《西厢记》的评点非常精彩，深感金圣叹是一个天才。在《中国小说美学》出版后，我继续从事中国美学史的研究，于1985年出版了《中国美学史大纲》。在这本书中，我认为明末清初是中国古典美学的总结性时期，而王夫之美学和叶燮美学是中国古典美学的两个总结形态的体系，是中国古典美学光辉灿烂的双子星座。在这本书中，我把叶燮美学放在一个很高的地位，在中国美学史的研究中，似乎还是第一次有人这么做。其实，早在60年代，我就写了一篇很长的论文《叶燮的美学思想》，当时给宗白华先生看了，宗先生很赞赏，他对邓以蛰先生说了他对这篇文章的赞赏，并主动写了推荐信，让我把文章投给《新建设》杂志，不过《新建设》没有发表。80年代初，我把这篇文章寄给徐中玉先生，徐先生也很赞赏，很快就在他主编的《文艺理论研究》上把这篇文章发表了。

　　在《中国美学史大纲》的写作过程中，我并没有放弃对《红楼梦》

的关注。我感觉到,《红楼梦》的作者曹雪芹有可能受到叶燮美学的影响,而且资料证明,叶燮和曹雪芹的祖父曹寅有实际交往。于是我写了一篇文章《叶燮对曹雪芹的影响》(发表于《红楼梦学刊》1983 年第三辑),在文中谈到了以下四点:

一、在《红楼梦》中,以及在脂砚斋对《红楼梦》的评点中,对于艺术想象的分析,和叶燮在《原诗》中的论述有很多相似、相通的地方。

二、曹雪芹塑造的贾宝玉的性格,甚至曹雪芹本人的性格,都有可能受了叶燮的影响。

三、叶燮同曹寅确有交往。康熙二十九年(1690),曹寅曾过访叶燮,互有赠答,叶燮为曹寅写了《楝亭记》一文。这时叶燮的美学著作《原诗》已经完成。叶燮有个侄儿叶藩(字桐初)长期在曹寅那儿当幕僚,深得曹寅器重。

四、据周汝昌先生的研究,叶绍袁(叶燮父亲)编的《午梦堂集》一书"颇予《红楼梦》以一定影响"。叶燮的一位姐姐叶小鸾,既美丽又有才华,不幸十七岁就夭亡,林黛玉身上有叶小鸾的影子。林黛玉的诗句"冷月葬花魂","葬花魂"三字即出自叶小鸾的诗句"戏捐粉盒葬花魂"。这从一个侧面说明曹雪芹对叶燮一家的作品非常熟悉,曹雪芹受到

图 8-1 叶朗闲章"鼓吹金圣叹"

叶燮思想的影响是极有可能的。

《中国美学史大纲》出版后,我请人为我刻了两枚闲章,一枚是"鼓吹金圣叹",一枚是"发扬叶横山"(叶燮晚年居横山,所以又号横山先生),寄托我对这两位清初学者的敬仰之情。

但是,当时我万万没有想到,金圣叹和叶燮这两位我敬仰的大思想家在实际生活中会有联系。

我也万万没有想到,金圣叹除了评点《水浒传》和《西厢记》,还会对曹雪芹《红楼梦》的创作产生影响。

从 20 世纪 80 年代到现在,时间过去三十多年。在这三十多年中,特别是跨入新世纪之后,学术界推出了研究金圣叹的许多新成果,其中人民文学出版社 2015 年出版的陆林《金圣叹史实研究》一书,为我们提供了大量过去不知道(至少是我所不知道)的材料,打开了我们对金圣叹做进一步研究的视野。读陆林这本 70 万字的著作,使我极其惊喜。陆林这本书提供的材料证明,金圣叹和叶燮一家有紧密的联系,金圣叹对曹雪芹创作《红楼梦》有直接的影响,而这种联系和影响中的关键人物,就是叶小鸾。我这篇文章主要就是根据陆林这本书提供的材料来讨论这个问题。

叶燮(1627—1703),字星期,号已畦,浙江嘉兴人。他的父亲叶绍袁(1589—1648),字仲韶,号粟庵,别号天寥道人,天启五年进士。母亲沈宜修(1590—1635),字宛君。叶绍袁和沈宜修共生八男五女。叶燮即为其第六子,本名世倌。

沈宜修和她的女儿都有文学才华,叶绍袁编的《午梦堂集》就是收集沈宜修和她女儿的作品。不幸的是他们的子女中连续有人夭折。最先是三女叶小鸾（1616—1632），在婚前五日夭折，年方十七。接着是长女叶纨纨，因小鸾病亡过度哀伤去世，年仅二十三。再接着是次子叶世偁，因科场失利抑郁而死。再接着是八子叶世儴五岁夭折。因为家中屡次遭难，叶绍袁便和一位善于扶乩降神的"泐大师"有频繁来往。据资料记载，这位"泐大师"多次应邀到叶绍袁家扶乩降神，最重要的有三次。

一次在崇祯八年（1635）六月十日上午，"泐大师"到叶绍袁家，叶绍袁问叶小鸾的情况，"泐大师"云"月府侍书女也"，问："鸾今往何处？"云："缑山仙府。""云霞之外，在月府。"问："何名？"云："寒簧。"[1]

一次在崇祯八年六月十日夜间，"泐大师"把叶小鸾的亡灵从仙府招魂来归，小鸾表示愿意皈依受戒，于是"泐大师"审问小鸾是否犯有佛教反对的十种恶业，小鸾一一做了回答。这个问答（后有人称为"破戒十吟"），通过叶绍袁、钱谦益等人在当时广为传播，对我们研究的问题十分重要，全文抄录如下：

> 师云："……曾犯杀否？"女对云："曾犯。"师问："如何？"女云："曾呼小玉除花虱，也遣轻纨坏蝶衣。""曾犯盗否？"女云："曾犯。不知新绿谁家树，怪底清箫何处声。""曾犯淫否？"女云："曾犯。晚镜偷窥眉曲曲，春裙亲绣鸟双双。"……问："曾妄言否？"

---

[1] 陆林：《金圣叹史实研究》，北京：人民文学出版社，2015年，第217—218页。

女云："曾犯。自谓前生欢喜地，诡云今坐辩才天。""曾绮语否？"
女云："曾犯。团香制就夫人字，镂雪装成幼妇辞。""曾两舌否？"
女云："曾犯。对月意添愁喜句，拈花评出短长谣。""曾恶口否？"
女云："曾犯。生怕帘开讥燕子，为怜花谢骂东风。"……"曾犯贪
否？"女云："曾犯。经营缃帙成千轴，辛苦莺花满一庭。""曾犯嗔
否？"女云："曾犯。怪他道蕴敲枯砚，薄彼崔徽扑玉钗。""曾犯痴
否？"女云："曾犯。勉弃珠环收汉玉，戏捐粉盒葬花魂。"[1]

对于叶小鸾的回答，"泐大师"大为赞赏，说："此六朝以下，温、
李诸公，血竭髯枯，矜诧累日者。"[2]

再一次是崇祯九年（1636）四月二十六日午后，"泐大师"到叶绍
袁家与他对话，在对话中，"泐大师"称叶小鸾"锦心绣口"，"口吐珠
玑，惊天动地"，"天上天下第一奇才"。[3]

叶小鸾的这个"破戒十吟"在叶绍袁的《午梦堂集》和钱谦益
（1582—1664）的《天台泐法师灵异记》（收入《初学集》）中都有记
载，当时不仅广为流传，而且受到普遍赞美。如尤侗、周亮工、陈维崧
等人都对"破戒十吟"所显示的叶小鸾的才情大加赞扬。

到了当代，一些研究《红楼梦》的学者注意到叶小鸾的这个材料，
他们发现叶小鸾的"戏捐粉盒葬花魂"中的"葬花魂"三字为曹雪芹所
袭用，出现在林黛玉的月夜联句之中，即"冷月葬花魂"，他们又发现

---

[1] 叶绍原：《续窈闻》，叶绍袁原编《午梦堂集》，冀勤辑校，北京：中华书局，2015
年，第 629—630 页。
[2] 《续窈闻》，《午梦堂集》，第 630 页。
[3] 《金圣叹史实研究》，第 219 页。

叶小鸾死后成为月宫仙子，名"寒簧"，这"寒簧"二字又出现在贾宝玉祭奠晴雯的《芙蓉女儿诔》之中，即"弄玉吹笙，寒簧击敔"（"葬花魂"与"寒簧"句的出处，可参考人民文学出版社 1982 年版《红楼梦》中册第 1092 页及第 1138 页）。因此红学家们认为这位叶小鸾可能对曹雪芹创作《红楼梦》产生了影响，如前面曾提到，周汝昌先生就认为叶绍袁的《午梦堂集》给了曹雪芹创作《红楼梦》以一定的影响。他认为，第一，整个说，一门妇女（少女）能诗，这就给《红楼梦》以影响；第二，就叶小鸾一人来说，少年才女，未嫁而亡，她的"戏捐粉盒葬花魂"末三字即为黛玉采用，足证黛玉身上有叶小鸾的影响，也就是说，林黛玉身上有叶小鸾的影子。[1]

但是，当时红学家们讨论叶小鸾对《红楼梦》的影响时，不知为什么没有注意到，叶小鸾的"破戒十吟"，包括她的"戏捐粉盒葬花魂"，都出自"泐大师"和叶小鸾亡灵的对话，叶小鸾成为月宫仙子"寒簧"也出自"泐大师"之口。在我们今天看来，"破戒十吟"也好，"寒簧"也好，都出自"泐大师"之口、之手（扶乩），就是说都来自"泐大师"的创造。所以，叶小鸾对《红楼梦》的影响，除了叶小鸾本人（体现在《午梦堂集》中）的影响之外，在一定程度上也是"泐大师"的影响。

那么，这位"泐大师"是谁呢？

看了陆林《金圣叹史实研究》中的资料，我才知道，这位"泐大师"原来就是鼎鼎大名的金圣叹。

---

[1] 参见前篇《叶燮对曹雪芹的影响》。

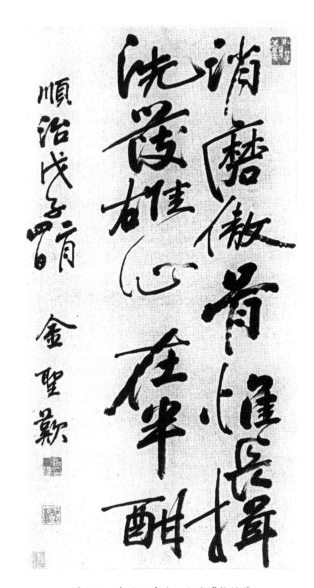

图 8-2　金圣叹手迹，上海博物馆藏

　　这一点，当时人都有明确记载。最早是钱谦益的《天台泐法师灵异记》（载《初学集》）。叶绍袁的《续窈闻》和尤侗的《艮斋杂说》、周亮工的《因树屋书影》等都有记载。到了现代，学者们如孟森（《金圣叹考》）、陈登原（《金圣叹传》）等都引用了这些材料，但似乎没有引起人们太多的注意。

　　金圣叹自称是天台宗祖师智颐弟子的化身，以泐庵大师之名，带三名助手（戴生、顾生、魏生）从天启七年（1627）五月开始，出入吴中一带的乡绅富户，进行扶乩降神活动，先后去过钱谦益、叶绍袁、姚希孟、戴汝义等人家，当然最有名的是到叶绍袁家召来叶小鸾的亡灵和她对话。金圣叹的扶乩降神活动大约进行了十年，从1627年到1638年。这时金圣叹的年龄是二十岁到三十岁。

　　既然"泐大师"就是金圣叹的化名，那照红学家如周汝昌先生的看法，曹雪芹创作林黛玉受叶小鸾的影响，就要修改为，曹雪芹创作林黛玉受到了金圣叹的影响。当然，叶小鸾本身的影响也不能排除，如周汝昌先生所说的"少年才女，未嫁而亡"，以及她的诗集《返生香》（收在《午梦堂集》中），都可能对曹雪芹创作林黛玉产生影响，但是叶小鸾的"破戒十吟"中所显示的绝顶聪明和才华，金圣叹称为"天上天下第一奇才，锦心绣口"，"口吐珠玑，惊天动地"（不仅"戏捐粉盒葬花魂"一句诗），在当时为无数文人交口称赞，也对曹雪芹创作林黛玉产生影响，这是出于金圣叹的影响。

　　而且，据《午梦堂集》中《续窈闻》的材料，金圣叹（泐大师）还虚构了一个"尤叶堂"，专收端庄聪颖的女子亡灵，"凡女人生具灵慧，夙有根因，即度脱其魂于此，教修四仪密谛，注生西方"，人数多达三十余位，另有侍女"纨香、梵叶、嬢娘、闲惜、提袂、娥儿甚多"，即安排在慈月宫居住。[1]这个"无叶堂"，很可能启发了曹雪芹创造大观园。当然，金圣叹虚构这个"无叶堂"，极有可能是受到叶绍袁一家的影响（后面再详谈）。

我们先看《午梦堂集》所显示的叶小鸾作为一个历史人物的形象。

《午梦堂集》中关于叶小鸾的材料主要有叶小鸾的诗集《返生香》，沈宜修《季女琼章传》，叶绍袁《祭亡女小鸾文》等。《午梦堂集》收录了叶小鸾姐姐叶小纨（1613—1657）的杂剧《鸳鸯梦》，是怀念她的姐姐叶纨纨（1610—1632）和妹妹叶小鸾的作品。

从《午梦堂集》看，叶小鸾是一个什么样的形象呢？可以概括为三点：美丽，智慧，薄命。

第一，美丽。叶小鸾从小光彩耀目，当时是众口称羡。她母亲沈宜修说她"鬒发素额，修眉玉颊，丹唇皓齿，端鼻媚靥，明眸善睐，秀色可餐，无妖艳之态，无脂粉之气，比梅花，觉梅花太瘦，比海棠，觉海棠少清"。又说："一日晓起，立余床前，面酥未洗，宿发未梳，风神韵致，亭亭无比。余戏谓之曰：'儿嗔人赞汝色美，今粗服乱头尚且如此，真所谓笑笑生芳，步步移妍矣，我见犹怜，未知画眉人道汝何如？'"最少见的是到病重临终，依然举体轻便，神气清爽。她母亲把她扶起，"星眸炯炯，念佛之声，明朗清彻，须臾而逝"。死后七日方才入殓，虽消瘦已甚，却是"面光犹雪，唇红如故"，她母亲书"琼章"

---

[1] 《续窈闻》，《午梦堂集》，第 627 页。

二字于臂上，手臂尚柔白可爱。[1]

第二，智慧。叶小鸾从小聪明灵慧，才气十足。四岁就能诵《离骚》，不数遍即能了了。十岁，正值初寒，她母亲说："桂寒清露湿。"她就应了下句："枫冷乱红凋。"十四岁，能弈。十六岁，有族姑善琴，略为指教，即通数调，清泠可听。家有画卷，即能摹写。每日临王献之《洛神赋》，或怀素草书，不分寒暑，静坐北窗下，一炉香相对终日。[2]

第三，命运悲惨。叶小鸾年十七而夭折，而且是在婚前五日因小病而逝。叶绍袁在祭文中说"红颜薄命，至汝而爽"。[3]

一位少女，单是貌美，是常见的，单是聪明，是常见的，单是薄命，也是常见的，但是一位少女，在她一个人身上，如果美到极致，聪明到极致，同时命运又悲惨到极致，就是少见的，或者说是极少见的，而叶小鸾就是这样一个形象，用她父亲叶绍袁在祭文中说的话："古今名媛闺淑，列于纪载多矣，未有如汝美而慧，慧而多才，多才而朗识，备幽闲静贞之懿。""无美不具，无惨不盈，天地黯结，云烟凄愁，暗雨朝零，西风夜哭。"[4]

这样一位少女的形象，对曹雪芹创作林黛玉的形象看来是产生了影响的。不仅对林黛玉，而且对曹雪芹创作大观园中许多少女的形象都产生了影响。一是绝世之美貌，光彩耀目之美。《红楼梦》中的黛玉、晴雯、芳官、尤三姐等人，都是绝美。用贾宝玉《芙蓉女儿诔》中的句子

---

[1] 沈宜修：《鹂吹》，《午梦堂集》，第247—249页。
[2] 同上书，第246—218页。
[3] 叶绍袁：《祭亡女小鸾文》，《返生香》附集，《午梦堂集》，第447页。
[4] 《祭亡女小鸾文》，《返生香》附集，《午梦堂集》，第443页。

来说:"其为质则金玉不足喻其贵,其为性则冰雪不足喻其洁,其为神则星日不足喻其精,其为貌则花月不足喻其色。"二是绝代之才华,富有灵气。《红楼梦》中的林黛玉、妙玉等少女,都有智慧,有灵气,有诗人气质。三是天生之薄命。叶小鸾年十七而夭折,婚前五日因小病而逝。《红楼梦》中的林黛玉及一大批少女,都是"红颜薄命",正如《芙蓉女儿诔》中说的"黄土垄中,女儿命薄"。

这是叶小鸾本来的形象。当然这个形象也经过了她父亲叶绍袁和她母亲沈宜修的一再渲染。我们再看金圣叹(泐大师)的"破戒十吟"为叶小鸾的形象增添了什么?

人们自然首先想到"戏捐粉盒葬花魂"这句话。人们重视这句话是因为林黛玉月夜联句时所作"冷月葬花魂"用了"葬花魂"这三个字。这句话确实重要。这句话之所以重要,不仅因"冷月葬花魂"这句诗,而且因为曹雪芹把葬花这件事放在林黛玉的形象和整个人生中的一个十分重要的地位。作者在第二十三回和第二十七回专门写林黛玉葬花和葬花辞。先是写林黛玉葬花。三月中旬的一天,宝玉见一阵风吹下桃花,落得满身,就把花瓣抖在池里,却看见林黛玉担着花锄,挂着花囊,拿着花帚,要把落花扫了,装在绢袋里。她说倒在池内,流出去依旧把花糟蹋了。她在犄角里有一个花冢,用土埋上,才是干净。这就是"质本洁来还洁去"。第二十七回的葬花辞,"花谢花飞花满天,红消香断有谁怜","花开易见落难寻,阶前闷杀葬花人","独倚花锄泪暗洒,洒上空枝见血痕","昨宵庭外悲歌发,知是花魂与鸟魂","侬今葬花人笑痴,他年葬侬知是谁","一朝春尽红颜老,花落人亡两不知",曹雪芹把葬花和林黛玉的悲剧命运联系在一起，而且突出了"痴"这个概念。在泐大师和叶小鸾亡灵的问答中，"痴"是概括"戏捐粉盒葬花魂"这个行为的，而在《红楼梦》中，"痴"被曹雪芹提升为对于贾宝玉、林黛玉及一群有情之女儿的性格特色的概括。书中写到这葬花辞被宝玉听到，感动得哭倒在山坡上，林黛玉听到悲声，心中想道："人人都笑我有些痴病，难道还有一个痴子不成？"这番描写就是把黛玉和宝玉用一个"痴"字联在一块了。不仅黛玉、宝玉，龄官画蔷也是一个"痴"字，尤三姐自刎也是一个"痴"字，贾宝玉写《芙蓉女儿诔》也是一个"痴"字，整部《红楼梦》就是写一个"情痴"的女儿世界，所以全书一开头说："都云作者痴，谁解其中味？"

叶小鸾形象（经过金圣叹"破戒十吟"等增色）对曹雪芹的启发，集中起来，就是"葬花"，就是"痴"。"葬花"不仅是一个孤立的行为，而且是整个人生的概括，是命运的象征。如果这个说法有道理，那么金圣叹对曹雪芹创作《红楼梦》的影响可以说十分巨大。

金圣叹虚构的聚集一群聪明灵慧女子的"无叶堂"，可能也对曹雪芹创作《红楼梦》有所启示。金圣叹虚构"无叶堂"，很可能受叶绍袁一门才女的影响。叶绍袁妻子沈宜修，是著名曲家沈璟的侄女，她和她的五个女儿都有文采。长女为叶纨纨。次女叶小纨，为沈璟孙媳，著有杂剧《鸳鸯梦》。三女叶小鸾，著有诗词集《返生香》。沈宜修周围环绕着几十位女诗人、女词人，金圣叹对此当然十分熟悉。而《红楼梦》中有一个大观园，集中了一群聪明灵慧的女子，与此可能有一定的联系。

现在我们把前面所说的概括一下：

第一，曹雪芹创作《红楼梦》确实受到叶绍袁《午梦堂集》的影响，因为曹寅（曹雪芹的祖父）和叶燮（叶绍袁第六子）有实际交往；同时由于金圣叹（泐大师）和叶小鸾的亡灵对话（"破戒十吟"）经过钱谦益、叶绍袁的大力宣扬，在当时的文人圈子中非常有名；再加上曹寅藏书家、出版家的身份：曹雪芹对于《午梦堂集》一定是很熟悉的。

第二，《午梦堂集》对曹雪芹创作《红楼梦》的影响如周汝昌先生所说，主要是两个方面，一个方面是叶绍袁的夫人沈宜修和几个女儿都有才气，这个文学家庭以及金圣叹虚构的集中了一群聪明灵慧的女子的"无叶堂"，对于曹雪芹在《红楼梦》中创造一个聚集了一群明亮、灵慧、多情、富有诗意的少女的大观园可能有所启示。

第三，《午梦堂集》对曹雪芹另一个方面的影响就是叶小鸾的形象。叶小鸾的美貌、才气和出嫁前五天病亡的悲惨命运，应该对曹雪芹创作林黛玉的形象有启发。这里面还有金圣叹的影响，就是叶小鸾的"葬花魂"。到了林黛玉身上，"葬花"和她的整个人生联系在一起，成为她悲惨命运的象征："侬今葬花人笑痴，他年葬侬知是谁？"曹雪芹强化了这个人物的诗意人生和悲剧命运。一部《红楼梦》，就是"冷月葬花魂"的悲剧，其中有《午梦堂集》的影响，叶小鸾的影响，也有金圣叹的影响。

附　录

季女琼章传

沈宜修

　　女名小鸾,字琼章,又字瑶期,余第三女也。生才六月,即抚于君庸舅家。明年春,余父自东鲁挂冠归,余归宁,值儿周岁,颇颖秀。妗母即余表妹张氏,端丽明智人也,数向余言:是儿灵慧,后日当齐班、蔡,姿容亦非寻常比者。四岁,能诵《离骚》,不数遍即能了了。又令识字,他日故以谬戏之,儿云:“非也,母误耶?”舅与妗甚怜爱之。十岁归家,时初寒,清灯夜坐,槛外风竹潇潇,帘前月明如昼,余因语云:“桂寒清露湿。”儿即应云:“枫冷乱红凋。”尔时喜其敏捷,有“柳絮因风”之思,悲夫,岂竟为不寿之征乎?后遭妗母之变,舅又久滞燕都,每言念顾复之情,无不唏嘘泣下。儿体质姣长,十二岁,发已覆额,娟好如玉人。随父金陵,览长干、桃叶,教之学咏,遂从此能诗。今检遗箧中,无复一存,想以小时语未工,儿自弃去邪?十四岁,能弈。十六岁,有族姑善琴,略为指教,即通数调,清泠可听,嵇康所云“英声发越,采采粲粲”也。家有画卷,即能摹写。今夏君牧弟以画扇寄余,儿仿之甚似。又见藤笺上作落花飞蝶,甚有风雅之致,但无师传授,又学未久,不能精工耳。

　　性高旷,厌繁华,爱烟霞,通禅理,自恃颖姿,尝言“欲博尽今古"，故为父所钟爱，然于姊妹中，略无恃爱之色。或有所与，必与两姊共之，然贫士所与，不过纸笔书香而已。衣服不喜新，即今年春夏来，余制罗衫裙几件，为更其旧者，竟不见着，至死时检之，犹未开折也。其性俭如此。因结缡将近，家贫无所措办，父为百计营贷，儿意甚不乐，谓"荆钗裙布，贫士之常，父何自苦为"。然又非纤啬，视金钱若浼，淡然无求，而济楚清雅所最喜矣。

儿鬒发素额，修眉玉颊，丹唇皓齿，端鼻媚靥，明眸善睐，秀色可餐。无妖艳之态，无脂粉之气，比梅花，觉梅花太瘦，比海棠，觉海棠少清，故名为丰丽，实是逸韵风生。若谓有韵致人，不免轻佻，则又端严庄靓。总之王夫人林下之风，顾家妇闺房之秀，兼有之耳。父尝戏谓"儿有绝世之姿"，儿必愠曰："女子倾城之色，何所取贵，父何必加之于儿。"己巳，十四岁，与余同过舅家，归时，君晦舅赠儿诗，有"南国无双应自贵，北方独立讵为惭？飞去广寒身似许，比来玉帐貌如甘"之句，皆非儿意中所悦也。一日晓起，立余床前，面酥未洗，宿发未梳，风神韵致，亭亭无比，余戏谓之曰："儿嗔人赞汝色美，今粗服乱头尚且如此，真所谓笑笑生芳，步步移妍矣，我见犹怜，未知画眉人道汝何如！"悲夫！孰意儿床前之立，今不复见，夫妇不得一识面乎？

作诗不喜作艳语，集中或有艳句，是咏物之兴，填词之体，如秦少游、晏小山代闺人为之耳。如梦中所作《鹧鸪天》，此其志也。每日临王子敬《洛神赋》，或怀素草书，不分寒暑，静坐北窗下，一炉香相对终日。余唤之出中庭，方出，否则默默与琴书为伴而已。其爱清幽恬寂有过人者。又最不喜拘检，能饮酒，善言笑，潇洒多致，高情旷达，夷然不屑也。性慈仁宽厚，侍女红于，未曾一加呵责。识鉴明达，不拘今昔间事，言下即了然彻解，或有所评论，定出余之上，余曰："汝非我女，我小友也。"

九月十五日，粥后，犹教六弟世侸暨幼妹小繁读《楚辞》。即是日，婿家行催妆礼至，而儿即于是夕病矣。于归已近，竟成不起之疾。十月十日，父不得已，许婿来就婚，即至房中，对儿云："我已许彼矣，努力自摄，无误佳期。"儿默然，父出，即唤红于问曰："今日何日？"云："十月初十。"儿叹曰："如此甚速，如何来得及？"未免以病未有起色，婿家催迫为焦耳。不意至次日天明，遂有此惨祸也。

闻病者体重则危，儿虽惫，举体轻便，神气清爽，临终略无惛迷之色。会欲起坐，余恐久病无力，不禁劳动，扶枕余臂间，星眸炯炯，念佛之声明朗清彻，须臾而逝。余并呼数声，儿已不复闻矣。初见儿之死也，惊悼不知所出，肝肠裂尽，血泪成枯。后徐思之，儿岂凡骨，若非瑶岛玉女，必灵鹫之侍者，应是再来人，岂能久居尘世耶？死后，日夜望其再生，故至七日方入殓。虽芳容消瘦已甚，面光犹雪，唇红如故，余含泪书"琼章"二字臂上，尚柔白可爱，但骨瘦冰冷耳。痛哉！初，儿辈在外塾，各有纸记遍，余仿样以木为之，取其不易损坏。兹九月初，儿亦请作一面，手书其上"石径春风长绿苔"一句，问之，曰："儿酷爱此语。"尔时不觉，今忆之，乃刘商诗，上句是"仙人来往行无迹"也，岂非谶乎？儿真仙去无疑矣。

十一月初二夜，五儿世儋，梦见儿在一深松茂柏茅庵中，凭几阅书，幅巾淡服，神色怡畅，傍有烹茶人，不许五儿入户，隔窗与语而别。五儿尚幼，故但能记梦境，不复忆所语也。五儿云："山名亦恍恍若忆，觉后忘之。"后数日，大儿世佺亦梦见以松实数合相遗。余记陈子昂诗，有"还逢赤松子，天路坐相邀"之句，儿之凤慧异常，当果为仙都邀去耳。或有讥余妄言，效古《长恨歌》之说。呜呼！爱女一死，痛肠难尽，泪眼追思，实实写出，岂效才人作小说欺世邪！

儿生于丙辰年三月初八日卯时，卒于崇祯壬申年十月十一日卯时，年十有七岁。许字昆山张家。婿名立平，长我女一岁，早有文誉。卜于是月十六日成婚，先期五日而卒，夫妇不及一相见。余所未经之惨，恐亦世间未有之事，伤哉痛哉！此肝肠寸碎中，略记一二，不能尽述也。

蕉窗夜记 辛未戏作

叶小鸾

煮梦子隐于一室之内，惟诗酒是务，了不关世事。于时九月既望，素月澄空，长风入户。叶辞条而自舞，草谢色而知伤。煮梦子携觞挈壶，独酌于庭中。久之，月彩西流，树影东向，觞尽壶干，傲然有怀仙之志，怅然作诗曰："弱水蓬莱远，愁怀难自降。素娥如有意，偏照读书窗。"又："啸残明月堕，歌罢彩云流。愿向西王母，琼浆借一瓯。"

既而入室，复剔残灯，披卷久之，隐几假寐，闻窗外籁籁，似有人行。煮梦子从窗隙中窥之，见二绿衣女郎，俱风鬟雨鬓，绰约多姿，坐于庭前石卓之上，笑谈而叹风月之美。俄倾，忽各诉衷曲，愁绪横于眉黛，泪痕融于颊颐，所言甚多，不能悉记。大约记其歌意而已。大者当风抗袖而歌曰："对明月兮怀佳人，清露滴兮乱愁盈。湖山徙倚兮空自悲吟，芳心不转兮几度含情。"小者和而歌之曰："垂翠袖兮飘素香，怀佳人兮天一方。仰鸿雁兮思心伤，安得借彼羽翼兮共翱翔。"歌毕，余韵芳香，袭人不断。启窗欲问之，已振袖而隐蕉丛矣。

煮梦子曰："呜呼，岂非蕉之为灵也哉！"

汾湖石记 壬申七月
叶小鸾

汾湖石者，盖得之于汾湖也。其时水落而岸高，流涸而崖出。有人曰：湖之湄，有石焉，累累然而多，遂命舟致之。其大小圆缺，衰尺不一。其色则苍然，其形则嵌然，皆可爱也。询其居旁之人，亦不知谁之所遗矣。

岂其昔为繁华之所，以年代邈远，故湮没而无闻邪？抑开辟以来，石固生于兹水者耶？若其生于兹水，今不过遇而出之也。若其昔为繁华之所，湮没而无闻者，则可悲甚矣。想其人之植此石也，必有花木隐映，池台依倚；歌童与舞女流涟，游客偕骚人啸咏。林壑交美，烟霞有主，不亦游观之乐乎？今皆不知化为何物矣。

且并颓垣废井，荒途旧趾之迹，一无可存而考之。独兹石之颓乎卧于湖侧，不知其几百年也，而今出之，不足悲哉！虽然，当夫流波之冲激而奔排，鱼虾之游泳而窟穴，秋风吹芦花之瑟瑟，寒宵唤征雁之嘹嘹。苍烟白露，蒹葭无际。钓艇渔帆，吹横笛而出没；萍钿荇带，杂黛螺而萦覆。则此石之存于天地间也，其殆与湖之水冷落于无穷已邪？

今乃一旦罗之于庭，复使垒之而为山，荫之以茂树，披之以苍苔，杂红英之璀璨，纷素蕊之芬芳。细草春碧，明月秋朗，翠微缭绕于其颠，飞花点缀乎其岩。乃至楹槛之间，登高台而送归云；窗轩之际，昭退景而生清风。回思昔之啸咏流涟游观之乐者，不又复见之于今乎？则是石之沉于水者可悲，今之遇而出之者又可喜也。若使水不落，湖不涸，则至今犹埋于层波之间耳。石固亦有时也哉！

（录自叶绍袁原编《午梦堂集》，冀勤辑校，北京：中华书局，2015 年，第 246—250 页，第 425—426 页，第 427—428 页）

不要轻易否定脂砚斋的美学 *

　　近两年来（按：指 20 世纪 80 年代前后），出现了一些评论脂砚斋的文章。其中最引人注目的有两篇：一篇是郝延霖先生的《没落贵族的哲学——论〈石头记〉脂砚斋评》[1]，一篇是徐迟先生的《如何对待脂砚斋》[2]。

　　脂砚斋是最早批评《红楼梦》的人，可以说是历史上第一位红学家。这样一位人物的美学思想，当然是值得我们认真研究的。因为《红楼梦》是一部非常优秀的古典小说，而脂砚斋的美学正是以《红楼梦》的创作实践为前提和基础的。事实上，脂砚斋的小说美学中也确实含有不可磨灭的合理的内容，其中有的直到今天也没有丧失意义。令人吃惊的是，郝延霖、徐迟二位先生的文章却在脂砚斋头上加了一大堆罪名，将脂砚斋的美学一笔骂倒，全盘否定。这是我们难以同意的。

----

*　本文原载《学术月刊》，1980 年第 10 期。

[1]　郝延霖：《没落贵族的哲学——论〈石头记〉脂砚斋评》，《新疆大学学报》，1979 年第 1—2 期。

[2]　徐迟：《如何对待脂砚斋》，《花城》，1979 年第 3 期。后收入徐迟：《〈红楼梦〉艺术论》，上海：上海文艺出版社，1980 年。

徐迟先生在他的文章中向我们宣称：

> 这个叫做脂砚斋的人是庸俗，轻薄，恶劣，凶狠的。首先跳出来，给《红楼梦》抹黑的就是他。他的那些脂评，是写得庸俗不堪，一塌糊涂的，又无聊，又蹩脚。脂评思想空虚，立场反动，态度暧昧，肉麻当有趣。只要不被偏见蒙蔽，任谁都能看透这个老奸巨滑。
>
> 然而一直至今胡适派迷雾绕绕，脂砚斋的神话连篇累牍。
>
> 脂砚斋的阶级本质，脂评的实质要剖析。他的计谋要揭穿，他的流毒也要肃清，对脂砚斋的崇拜也要破除。
>
> 不应当对他投降。[1]

这无异是一道讨伐令。问题在于，该不该这样讨伐脂砚斋呢？郝、徐二位加在脂砚斋头上的一大堆罪名能不能成立呢？我们的看法是否定的。

本文准备先就以下四个问题提出一些不同意见，向郝、徐二位请教。

第一个问题：脂砚斋是"自传说"的首创者吗？

这条罪名不是徐迟先生的发明，20 世纪 50 年代就有了。那时有的文章说：

---

[1] 《如何对待脂砚斋》，徐迟：《〈红楼梦〉艺术论》，上海：上海文艺出版社，1980 年，第132、137 页。

脂砚斋对红楼梦的总的看法，从文学批评的观点来看，也**仅仅是而且决不可能超过**"自传说"，借用一句不太恰当的话，仍然是"自然主义"的文学观。[1]

为什么脂砚斋的文学观"仅仅是而且决不可能超过'自传说'"呢？有根据吗？当时这篇文章并没有提出自己的根据，现在徐迟先生也没有提出任何根据。

所谓"自传说"，实质是将艺术创造等同于生活实录，否认艺术想象和艺术的典型化（包括集中、提炼、概括、虚构等等），否认作家的世界观和审美理想在艺术创造中的巨大作用，从而也就否认了艺术作品的普遍性和思想意义。这当然是错误的。但"自传说"并不是脂砚斋的主张。我们翻遍各种本子的脂评，也找不到有一句话说《红楼梦》就是曹雪芹的自传，或者说贾宝玉就是曹雪芹。不错，脂砚斋确实有一些批语，指出《红楼梦》中描写的某一个细节，某一件事，是"真有其事"，是作书者（曹雪芹）或批书者（脂砚斋）"经过见过"的。但这不过是说明《红楼梦》的这些描写有其生活原型，根本不能由此得出结论说脂砚斋主张"自传说"。正相反，脂砚斋在他的批语中，曾经**明确地否定了"自传说"**。我们看下面这段批语：

---

[1] 李希凡、蓝翎：《评〈红楼梦新证〉》，原载《人民日报》，1955 年 1 月 20 日。后收入李希凡、蓝翎：《红楼梦评论集》，北京：作家出版社，1957 年，第 70 页。

按此书中写一宝玉，其宝玉之为人，是我辈于书中见而知有此人，**实未目曾亲睹者**。又写宝玉之发言，每每令人不解，宝玉之生性，件件令人可笑，**不独于世上亲见这样的人不曾，即阅今古所有之小说奇传中，亦未见这样的文字**。（庚辰本第十九回批语）

这段极为重要的批语，被过去研究脂评的专家们忽略了，也被徐迟先生忽略了。

脂砚斋这段批语表达了他对于艺术典型的深刻见解。他指出，贾宝玉这个人物"是我辈于书中见而知有此人，实未目曾亲睹者"。换句话说，人们在实际生活中并不能找到贾宝玉这样一个人。贾宝玉是曹雪芹的创造，是曹雪芹的虚构。这就提出了一个重要的思想，即小说中的典型人物形象，并不等于生活中某一个实在的人物。

脂砚斋的这个思想，是对于"自传说"直接的否定。

单是根据这条批语，就足以把徐迟先生等人加在脂砚斋头上的首创"自传说"的罪名彻底推翻。

徐迟先生说："脂砚斋是过去《红楼梦》研究的权威和祖师爷。不批评这个祖师爷，胡适就批不倒；批了脂砚斋，胡适不批也倒了。"[1]徐迟先生的这种逻辑是不能成立的。胡适的观点并不是来源于脂砚斋，他不过是利用脂评的材料来论证自己的观点而已，把胡适和脂砚斋画上等号，既没有真正认识脂砚斋，也没真正认识胡适。在《红楼梦》的研究

---

[1] 《如何对待脂砚斋》，《〈红楼梦〉艺术论》，第137页。

史上，早于胡适，确也有人曾经提出过类似"自传说"的论点，但那不是脂砚斋，而是同治年间一个号为"明镜室主人"的红学家，名叫江顺怡。此人在《读红楼梦杂记》中说，"《红楼梦》所纪之事，皆作者自道其生平"，"自怨自艾，自忏自悔"。[1]胡适很可能受了他的影响。但就是这样，我们也不能把他们画等号，不能说"不批江顺怡，胡适就批不倒；批了江顺怡，胡适不批也倒了"。因为他们属于不同的时代和不同的阶级，思想体系并不相同。

第二个问题：脂砚斋在文艺领域宣扬了不可知论吗？

宣扬不可知论，这是郝延霖先生加给脂砚斋的一条罪名，其主要根据是庚辰本第十九回的一段脂评。这一回，在贾宝玉所说"没的我们这种浊物，倒生在这里"一句下，脂砚斋批道：

> 这皆宝玉意中心中确实之念，非前勉强之词，所以谓今古未（有）之一人耳。听其囫囵不解之言，察其幽微感触之心，审其痴妄委婉之意，**皆今古未见之人**，亦是未见之文字；说不得贤，说不得愚，说不得不肖，说不得善，说不得恶，说不得正大光明，说不得混账恶赖，说不得聪明才俊，说不得庸俗平（缺一字），说不得好色好淫，说不得情痴情种，恰恰只有一颦儿可对，令他人徒加评论，**总未摸着他二人是何等脱胎，何等骨肉**。余阅此书亦爱其文字耳，实亦不能评出二人终是何等人物。

[1] 《红楼梦资料汇编》，北京：中华书局，1964年，第208页。

郝延霖先生认为，脂砚斋的这段批语是用"折衷的手法"，"模棱两可的语言"，制造了一个"说不得这样，说不得那样"的公式，散布了不可知论。[1]

这是很大的误解。

脂砚斋所说的"贤""不肖""善""恶"等等，并不是抽象的概念，而是有具体内容的概念。脂砚斋认为，对于贾宝玉，**已经不可能用封建社会中一般的道德概念来衡量和解释**，他已超出了封建社会一般的价值观念。因此，贾宝玉这个人物不仅在实际生活中并不存在，而且是"今古未见之人"。换句话说。贾宝玉是曹雪芹创造的一个**新人的典型。这是一个十分重要的见解**。但是进一步，贾宝玉（以及林黛玉）究竟是一种什么性格的人物？此二人究竟是"何等脱胎，何等骨肉"？脂砚斋认为当时一般人并不理解，连他自己也不能完全理解。他承认自己"实亦不能评出二人终是何等人物"，就是说，他虽然看出贾宝玉、林黛玉的思想和言行已经多少突破了封建等级社会的"体统"，虽然看出这是两个新人的典型，但这两个典型所包含的社会意义，他并没有充分把握。

我们可以看到，脂砚斋对于贾宝玉这个艺术典型的分析相当有深度，他的态度也是严肃的。这和所谓"折衷的手法""不可知论"有什么关系呢？

郝延霖先生的另一个根据，是庚辰本第二十回的一条脂评：

_____

[1] 《没落贵族的哲学——论〈石头记〉脂砚斋评》，第19页。

此二语（按：指宝玉"难道你就知你的心，不知我的心不成"二语）不独观者不解，料作者亦未必解。……若观者必欲要解，须自揣自身是宝林之流，则洞然可解。

脂砚斋这里说的是小说中人物的语言，是为一定的性格和一定的环境所规定的，读者如果简单地读过去，不一定就能理解它必然的逻辑和内在的含义。要想理解它，就必须像演员进入角色那样，设身处地，发挥艺术的想象。庚辰本第十九回有段脂评也说了类似的意思。那段批语说，"宝玉之发言，每每令人不解"，但是，"其囫囵不解之中实可解，可解之中又说不出理路。合目思之，却如真见一宝玉，真闻此言者，移之第二人万不可，亦不成文字矣"。可见，脂砚斋并不是说小说中人物的语言根本不能理解，只是说这种理解带有审美感兴、审美体验的特点。这并没有错。退一步说，即使脂砚斋肯定贾宝玉的这两句话是读者和作者所不能理解的，那也谈不上是宣扬不可知论。读者对于小说中的人物不理解，甚至作家对于自己创造的人物也不理解，在文学史上都是常有的事。难道肯定这一点，就是宣扬不可知论吗？由于条件的限制，自然界和人类社会中有很多事物是我们所不能理解的，难道承认这一点，就是不可知论吗？究竟什么叫不可知论？郝延霖先生似乎并没有搞得很清楚，就轻易地给脂砚斋戴上这顶帽子，这显然是不够慎重的。

第三个问题: 脂砚斋鼓吹唯心主义、先验论的美学吗?

这条罪名也是郝延霖先生提出来的,主要根据是甲戌本第二回的一条眉批:

> 官制半遵古名亦好(按:指书中"兰台寺大夫"这一官名)。余最喜此等半有半无,半古半今,事之所无,理之必有,极玄极幻,荒唐不经之处。

对脂砚斋的这条眉批,郝延霖先生作了如下的分析和推论:

> 按照脂砚的逻辑,就必然得出这样的结论,没有那样的客观存在的事实,也会产生那样的道理,或那样的意识。那样的道理,或那样的意识,是从何处而来的呢?得出的答案,也只能是从封建阶级的臆想中来,从脂砚斋先生主观的笔头子上来,再推论下去,文学创作也就不是现实生活的反映和概括了,这不是唯心主义又是什么呢?脂砚斋自己也说得很清楚,他"最喜此等……极玄极幻,荒唐不经之处"。换一句话说,他最喜欢这种虚幻的唯心主义的一套。[1]

郝延霖先生的这一连串推论,乍看似乎很有道理,其实完全是在曲解脂评原意的基础上做出来的。

---

[1] 《没落贵族的哲学——论〈石头记〉脂砚斋评》,第19页。

脂砚斋所谓"事之所无，理之必有"意思本来很清楚，就是说，艺术作品不同于生活实录，它可以描写生活中没有实际发生过的事情（"事之所无"），但必须合情合理，合乎生活本身的逻辑（"理之必有"）。脂砚斋在很多批语中称赞《红楼梦》的描写是"天然至情至理，必有之事"（庚辰本第二十九回批语），"天下必有之情事"（甲戌本第七回批语），"世间必有之事"（庚辰本第四十二回批语），也就是这个意思。这同亚里士多德在《诗学》中所讲的历史家叙述已发生的事，诗人则描述"按照可然律或必然律可能发生的事"[1]，以及鲁迅对于艺术的真实所做的解释："不必是曾有的实事，但必须是会有的实情。"[2] 意思都是十分近似的。这当然不是唯心主义。这只能说明脂砚斋已经明确认识到艺术的真实不同于历史的真实，说明脂砚斋的文学观同所谓自然主义的文学观毫无共同之处。

《红楼梦》第十六回写秦钟将死，"只剩得一口悠悠余气在胸，正见许多鬼判持牌提索来捉他"。脂砚斋批道：

> 看至此一句令人失望，再看至后面数语，方知作者故意借世俗愚谈论设譬，喝醒天下迷人，翻成千古未见之奇文奇笔。（庚辰本）

脂砚斋认为鬼神之事属于"世俗愚谈论"，如果小说中认真写神写鬼，那是"令人失望"的。但是《红楼梦》并不是这样。因为曹雪芹

---

[1] 亚里斯多德：《诗学》第九章，罗念生译，北京：人民文学出版社，1962年，第28页。
[2] 《什么是"讽刺"》，鲁迅：《鲁迅全集》第六卷，北京：人民文学出版社，2005年，第340页。

接下去写那秦钟不肯跟鬼判走，他记念着家中无人掌管家务，又记挂着父母还有留积下的三四千两银子等等，因此百般求告鬼判。无奈这些鬼判都不肯徇私，反叱咤秦钟道："亏你还是读过书的人，岂不知俗语说的：阎王叫你三更死，谁敢留人到五更。我们阴间上下，都是铁面无私的，不比你们阳间，瞻情顾意，有许多的关碍处。"曹雪芹的这种描写，显然包含有讽刺现实的用意。所以脂砚斋又批道：

> 《石头记》一部中皆是**近情近理必有之事，必有之言**，又如此等荒唐不经之谈，间亦有之，是作者故意游戏之笔耶，以破色取笑，**非如别书认真说鬼话也**。（庚辰本眉批）

脂砚斋的这两段批语，都可以进一步说明，把唯心主义的帽子或鬼神论者的帽子扣到脂砚斋头上是没有根据的。事实上，脂砚斋和差不多同时的英国小说家菲尔丁（1707—1754）一样，根本反对在小说中弄神弄鬼。脂砚斋称赞《红楼梦》有一大优点，就是"牛鬼蛇神不犯笔端，全从至情至理中写出"（戚序本第五十六回总批）。这很可能是受了金圣叹的影响，金圣叹也反对在小说中弄神弄鬼。总之，唯心主义这顶帽子戴不到脂砚斋头上。如果一定要戴，这顶帽子戴到被徐迟先生夸成一朵花的高鹗头上倒很合适。高鹗续作的《红楼梦》后四十回，特别喜欢弄神弄鬼，一会儿写凤姐在大观园碰见秦可卿之魂，一会儿又写宝玉在潇湘馆听见鬼哭；一会儿写赵姨娘临死时鬼附其身，死后到阴司受罪，一会儿又写宝玉得道成仙：真是"倏尔神鬼乱出，忽又妖魔毕露"。这不就是脂砚斋所指责的"认真说鬼话"吗？俞平伯先生曾就这一点批评过高鹗，我以为批评得很对。高鹗这种"认真说鬼话"的创作方法，正是脂砚斋十分反对的。

郝延霖先生断定脂砚斋鼓吹唯心主义、先验论，有个根据是庚辰本第二十六回的一条脂评。脂砚斋的这条批语说，这一回中宝玉到潇湘馆见黛玉的一大段文字，是作者"无意上写来"，"纯化工夫之笔"。郝延霖先生认为脂砚斋的这种说法，否定了作家对人物的观察和对社会环境的了解，"无异是在鼓吹作家的天才和所谓的灵感在起决定作用"[1]，是先验论的胡说。其实，这也是一种很显然的曲解。脂砚斋这条批语是说，《红楼梦》的作者已经完全沉浸到他自己创造的特定情景之中，他的一支笔已经完全为书中人物性格的内在必然逻辑所支配。所谓"纯化工夫之笔"，所谓"无意写来""忘情而出"，不过是这个意思。这同先验论、天才论、灵感决定论又有什么关系呢？

中国古典小说美学，在对待小说艺术与社会生活的关系这个问题上，向来有强调艺术真实的优良传统。明代万历年间的小说评点家叶昼就说过一段精彩的话："世上先有《水浒传》一部，然后施耐庵、罗贯中借笔墨拈出。若夫姓某名某，不过劈空捏造，以实其事耳。……非世上先有是事，即令文人面壁九年，呕血十石，亦何能至此哉！……此《水浒传》之所以与天地相终始也与！"[2] 明末的大评点家金圣叹也强调，施耐庵所以能把一百零八人的性格刻画得那么生动，是因为"十年格物，

---

[1] 《没落贵族的哲学——论〈石头记〉脂砚斋评》，第 20 页。
[2] 《〈水浒传〉一百回文字优劣》，《明容与堂刻水浒传》，上海：上海人民出版社，1975 年。

而一朝物格"[1]。脂砚斋是继承了这个传统的。他在很多批语中都指出《红楼梦》的优点是对于实际生活的"摹写"十分"毕真"。如：

> 形容一事，一事毕真，《石头》是第一能手矣。（庚辰本第十九回批语）

所谓"毕真"，就是合情合理，合乎生活本身的逻辑。脂砚斋认为，《红楼梦》的作者如果没有丰富的生活经历，那他无论对人物的语言、动作、表情、心理，或是对生活细节和风物景色，都不可能写得这么"毕真"，这么合情合理。这样的批语很多，如：

> 雅得他（写）的出，是经过之人也。（庚辰本第十七、十八回批语）
>
> 非经历过，如何写得出。《石头记》得力擅长，全是此等地方。（庚辰本第十七、十八回批语）
>
> 何等现成，何等大方，何等有情理！若云作者心中编出，余断断不信。何也？盖编得出者，断不能有这等情理。（庚辰本第三十九回批语）
>
> 写得出，试思若非亲历其竟（按：即境）者，如何莫（按：即摹）写得如此。（庚辰本第七十六回批语）

---

[1] 《第五才子书施耐庵水浒传》序三。

脂砚斋的这些批语都说明一个道理，就是作家有丰富的生活经历和阅历，写出的小说才有细节的真实，人物语言、人物性格以及故事情节才能合情合理，合乎生活本身的逻辑。反过来，如果作家没有亲身经历的生活经验，没有"身经目睹"，那么他写起小说来，肯定是"所言皆在情理之外"（甲戌本第三回批语），不可能"毕真"，不可能有艺术的真实。

脂砚斋的这种思想，同清初大思想家王夫之论诗时所强调的"身之所历，目之所见，是铁门限"[1]意思十分近似。鲁迅也说过："作者写出创作来，对于其中的事情，虽然不必亲历过，最好是经历过。……我所谓经历，是所遇，所见，所闻，并不一定是所作，但所作自然也可以包含在里面。天才们无论怎样说大话，归根结蒂，还是不能凭空创造。"[2]很显然，脂砚斋主张的是一种强调艺术真实的创作论，是同唯心主义先验论或所谓灵感决定论相对立的。

第四个问题：脂砚斋妄图掩盖封建阶级必然灭亡的趋势吗？

郝、徐二位一致肯定这一点，并由此判定，脂砚斋的立场是反动的，是同曹雪芹根本对立的。徐迟先生甚至危言耸听地说："一芹一脂之间所展开的一场斗争是具有严重的性质的。"[3]

怎么证明脂砚斋妄图掩盖封建阶级必然灭亡的趋势呢？徐迟先生有

---

[1] 王夫之：《姜斋诗话笺注》卷二，戴鸿森笺注，北京：人民文学出版社，1981年，第55页。

[2] 《叶紫作〈丰收〉序》，《鲁迅全集》第六卷，第227页。

[3] 《如何对待脂砚斋》，《〈红楼梦〉艺术论》，第134页。

一条根据，就是前二十八回的脂评多，后五十回的脂评少。他说：

> 第一到二十八回的脂评最多，正当盛筵，手舞足蹈，不亦乐乎。但曹雪芹的后面的文字渐渐悲凉起来，第二十九到八十回，脂评就少了，没有劲儿了，评不下去了。[1]

听起来似乎凿凿有据，其实根本经不住推敲。首先，脂砚斋的批语是不是前二十八回写得多，二十八回之后就写得少，对这一点，我们应持慎重的态度。因为我们今天看到的脂评本都是一些过录本，并不是脂评的原稿。比如庚辰本是一种重要的脂评本，但是它开始十一回根本没有批语，这显然是抄漏了，并不能依此证明脂砚斋前十一回没有写批语。同样，现有各种脂评本后几十回的批语比较少，也不等于脂砚斋原来就写得少，很有可能像俞平伯先生所推测的，是因为"抄书人有时很懒，或校书人对评注不重视，以致逐渐稀减"[2]。其次，即便脂砚斋的批语真的是后几十回写得比较少，也不能由此推论出脂砚斋是妄图借此掩盖四大家族和封建制度的崩溃和灭亡。道理很简单，四大家族和封建制度并不是从二十八回以后才开始衰败的，更不是像徐迟先生说的："前八十回所写的尚属封建社会制度荣盛时代，后四十回所写的却是它的败落和塌台。"[3]《红楼梦》从一开卷，写的就是"末世之时"，四大家族（以及整个封建制度）已经在衰败、没落了。不说别的，单单是贾宝玉

---

[1] 《如何对待脂砚斋》，《〈红楼梦〉艺术论》，第 132 页。
[2] 《引言》，俞平伯辑：《脂砚斋红楼梦辑评》，北京：中华书局，1960 年，第 4 页。
[3] 《如何对待脂砚斋》，《〈红楼梦〉艺术论》，第 131 页。

这个叛逆性格的出现，就是四大家族（以及整个封建制度）衰败、没落的突出标志。这一点，曹雪芹在第二回借冷子兴之口已经说得很清楚。不知道为什么徐迟先生竟会得出"前八十回所写的尚属封建社会制度荣盛时代"这样的认识，实在是令人大惑不解的一件事。但是脂砚斋却并没有徐迟先生的这种疏漏。他对于《红楼梦》描写的时代特点（典型环境）有清楚的认识。第二回，在"**如今的这宁荣两门也都萧疏了，不比先时的光景**"一句下，脂砚斋批道：

> **记清此句**。可知书中之荣府**已是末世了**。（甲戌本）

接着又有一条批语：

> **作者之意，原只写末世**。此**已是**贾府之**末世了**。（甲戌本）

第十七、十八回也有一条批语：

> 又补出当日宁、荣在世之事，所谓**此是末世之时也**。（庚辰本）

脂砚斋在这些批语里提请读者注意，这部书写的是"末世"，作者的意图也只是写"末世"。"开到荼蘼花事了"。四大家族的丧钟已经敲响了。怎么能说脂砚斋"妄图掩盖四大家族和封建制度的崩溃与灭亡"[1]呢？

与此相联系，徐迟先生还提出一条根据，那就更奇怪了。徐迟先生说，脂砚斋为了掩盖四大家族和封建制度的崩溃与灭亡过程，有意把后四十回"迷失"掉了。应该说，这是很惊人的发现。如果真的这样，那脂砚斋真是"罪该万死"了。但是任何一个严肃的读者都不免要问：证据何在呢？徐迟先生并没有提出任何证据，而只是向我们提出了一个很特别的逻辑推论：脂砚斋说他看过《红楼梦》的后半部，可是他又说后半部的一些稿子"迷失"了，这就可以断定，后半部的稿子正是被他有意"迷失"的。徐迟先生说：

> 我们不要头脑过于简单了。殊不知告失盗的就是贼。后四十回的稿子**只能是**脂砚斋故意"迷失"掉的。[2]

徐迟先生的这种逻辑，真要使人叹为观止。根据常识，我们只知道告失盗的不一定就是贼，哪会知道告失盗的必定就是贼呢？脂评（这些脂评出于畸笏的手笔，畸笏与脂砚斋是否一人，红学家还有不同看法）在提到后半部一些章节"迷失无稿"时，总是表示十分遗憾和惋惜，我们在没有得到别的证据时，也只能相信这些话是出于他的真情，哪能想到这原来是盗窃者在向我们施放烟幕呢？

用这样一些虚无缥缈的东西来论证脂砚斋立场反动，是不能令人信服的。

---

[1] 《如何对待脂砚斋》，《〈红楼梦〉艺术论》，第134页。
[2] 同上书，第133页。

　　判断脂砚斋的立场是否反动，是否同曹雪芹敌对，有一个试金石，就是看他对于小说中的主人公如何评价。因为在一般情况下，小说的主人公是作者倾向性的集中体现。贾宝玉这个典型人物形象，就是曹雪芹的倾向性的集中体现。脂砚斋对这个人物是怎么评价的呢？前面说过，脂砚斋认为贾宝玉是曹雪芹创造的一个新人的典型。那么，脂砚斋对这个人物是什么态度呢？第十九回，袭人责怪宝玉："读书上进的人，你就起个名字，叫作'禄蠹'。"脂砚斋批道：

　　　　二字从古未见，新奇之至。难怨**世人谓之可杀，余却最喜**。（庚辰本）

　　可见，脂砚斋是肯定贾宝玉的。不仅如此，脂砚斋肯定贾宝玉，正是**着眼于贾宝玉的叛逆性**。这就明白地显示了他的倾向。怎么能说脂砚斋的立场和曹雪芹是敌对的呢？

　　现在我们可以回过头来看徐迟先生对脂评的总的评价。

　　脂评是像徐迟先生说的那样"写得庸俗不堪，一塌糊涂"，"又无聊，又蹩脚"吗？

　　脂评是像徐迟先生说的那样"思想空虚，立场反动"吗？

　　脂评是像徐迟先生说的那样"腐朽不堪，恶毒透顶"吗？[1]

　　我想，只要不被偏见蒙蔽，只要对脂评做过一番认真的研究和全面的分析，而不是捕风捉影、断章取义，任何人对此都不难得到正确的回答。

---

[1] 《如何对待脂砚斋》，《〈红楼梦〉艺术论》，第 132、133 页。

　　脂评的情况是复杂的,其中当然有消极的东西,有属于糟粕的东西。但是我们不能因为这些就将脂评全盘否定,不能因为这些就将脂评中合理的有价值的东西也一笔抹杀。难道《红楼梦》本身就没有消极的东西吗?我们能够因为《红楼梦》中有消极的东西,就将它一笔抹杀吗?

　　脂评是有价值的。**脂评的价值不仅在于它提供了关于曹雪芹的生平和创作方面的一些资料(这一点过去学者多半是肯定的),同时也在于脂砚斋本人的美学思想有不少合理的内容(这一点过去被忽略和否定了)。**脂砚斋对《红楼梦》的生活基础、创作方法、主题思想、人物塑造、情节、结构、语言、细节描写,进行了全面的评论和探讨。**这些评论和探讨,是对于《红楼梦》这部伟大作品的艺术成就进行理论分析的第一次尝试。**这个尝试有成功的地方,也有失败的地方。无论成功的地方或失败的地方,都不是毫无意义的,都值得我们重视和研究。现在我们看到的一些研究《红楼梦》的著作和论文,对脂评的价值和意义一般都概括为以下两点:(一)提供了有关曹雪芹的生平和创作的一些情况;(二)提供了《红楼梦》八十回以后的一些情节和内容。至于脂评的美学思想,则多半被说成是宣扬唯心主义和形式主义,是落后的,陈腐的,拙劣的,是对《红楼梦》的歪曲,等等。对于脂评的这种评价,似乎为学术界很多人所接受,其实是一种传统的偏见。胡适在他的《红楼梦》考证文章中,就认为脂评的价值只在于能为考证曹雪芹的生平和创作提供一些资料,至于脂砚斋本人的美学思想,脂评对于《红楼梦》的艺术分析,胡适根本一字也不提。徐迟先生不是说什么"一直至今胡适派迷雾绕绕"吗？在评价脂砚斋的问题上，确实多少可以看到一点胡适的偏见所留下的影响。今天，为了发掘、整理、研究和批判地继承我国古代极其丰富的美学遗产，**特别是过去完全被忽视的古典小说美学的遗产**，我们应该打破传统的偏见，重新研究、重新认识脂评的价值，实事求是地承认脂砚斋对于我国古典小说美学的发展所作出的有益的贡献，在中国文艺思想史中给予他应有的地位。我所以对郝、徐二位的文章提出商榷，着眼点就在于此。